ホスピス医が自宅で夫を看取るとき

玉地任子［著］

ミネルヴァ書房

はじめに

癌で亡くなった人は二〇一五年に三七万人を超え、一日に一〇〇〇人も他界している状況には、なんともやりきれない思いがいたします。

私は在宅ホスピス医として三〇年余り、治る見込みのない患者さんに関わってきました。一九九四年に在宅ホスピス「ゆめクリニック」を開院してからも、医者として人生の最終段階における患者さんを伴走するという「夢」を追い続けてきたのです。

開院当時は病院で死を迎えるのが当たり前の時代で、在宅医療に移行するのは容易なことではありませんでした。患者さんと家族は今では考えられないほどの勇気と覚悟が必要だったのです。

主治医に退院をお願いすると絶縁を言い渡されたり、なかには「ゆめクリニックでモルヒネで安楽死させられても良いのですか」と猛反対され、退院出来ずに失意のまま亡くなった方もいました。どうしてもと、在宅医療を希望した八〇代の膀胱癌の女性は、外来受診の際、入れ歯をはずし、腰を幾分曲げて急に衰弱した演技をして、担当医から「もう抗癌剤も放射線治療も無理そうだね、好きなようにして良いですよ」と言われ、やっと望みを勝ち取ったという、信じられないような話もありました。

でも仕方がないのです。実は私も病院で働いていた頃には「家」の良さを知らない一人だったのです。

昔ホスピス病棟で仕事をしていた時、ひんぱんに外泊を繰り返す四〇代の胃癌患者の女性に、「ホスピスとお家とは何が一番違うのか教えてください」と訊いたことがありました。

「病院には病人の空気が流れているの。家には健康な人の空気が流れているの。先生には分からないかもしれないけれど……」と、彼女は少し私をにらむような眼差しで応えました。確かに病院にいる私には、空気の違いは理解出来なかったのです。

数年後、訪問診療を専門にするようになって、初めて彼女に教えられた空気の色と味の違いがはっきり分かりました。家には患者さんがなじんだ日常と、管理されない自由があります。空間も時間も好きに使えるのです。そこで見る患者さんは、病院にいた人と別人のようでした。

私の仕事は医療界ではなかなか認知されませんでしたが、ご縁があって出会った患者さんと家族、そして私は、まるで新しい家族のように濃い時間を過ごしてきました。最新の医療機器もナースコールもないそれぞれの我が家で、患者さん達は限られた生命を凝縮して、個性的な生を全うしたのです。

私にとっては二四時間態勢の緊張感と疲労は大きいのですが、患者さんからいただくエネルギーも多く、身体的に生き詰まることはありませんでした。でも、時折周りから入ってくる誤解や偏見の雑音に心が痛み、自分が選んだ道でありながら、何度かくじけそうになりました。

そのような時、夫は決まってこう言いました。

「世の中の皆に誤解されても、僕が君のしていること全てを見て信じているのだから、気にしなくていい。患者さんに満足してもらうのが一番大切」

絶対的な支持は宝物でした。

ところが、思いがけない不幸に見舞われたのです。二〇一一年五月、突然夫がスキルス胃癌と診断され、翌年九月にはとうとうお別れリストの最後の人になってしまいました。在宅ホスピスの夜明け前の薄暗がりを共に歩いてくれて、喜びも苦労も分かち合ってきたのに……。

夫の発症から看取りまでの一年四カ月の間に、私は悲嘆、後悔、怒り、絶望、孤独、喪失感、そんなあらゆる負の感情を経験しました。「一人では生きていけない」と、思い詰めた日もありました。でも、「時」と「人の優しさ」が私のえぐられた傷を少しずつ平らに戻してくれたのです。

今回、心強いサポーターであり、同志でもあった夫の死と、個性的な患者さん達の思い出、さらに学生時代に心がざわつくといつも手にしてきた魂の詩人、八木重吉さんの詩を一緒に織り込んで物語を綴りました。

この本を手に取ってくださった皆様に、深い哀しみに打ちひしがれた時に「人の優しさ」や「時の力」が静かにあなたを見守り、支えてくれることを思い出していただけましたら、幸いです。

ホスピス医が自宅で夫を看取るとき

目　次

第5章　さまざまな逝き方がある……………… 175

おわりに

第1章　医者である夫の発病

●スキルス胃癌で逝った夫

名　　前：玉地寛光（六八歳）
死亡時刻：平成二四（二〇一二）年、九月一六日、午前三時二〇分
死亡場所：神奈川県厚木市の自宅

スキルス胃癌の発症から一年四カ月。私の夫は六八歳の生涯を終えました。私達二人が出会って五〇年。結婚して四四年。人生をはっきり記憶出来るようになってからのほとんどを、私達は共に歩いてきたのです。その人生のパートナーが、病気らしい病気をしたことのない夫が先に逝くなんて……。

約三〇年、多くの癌患者さんを診てきた私が、一番大切な人を癌で死なせるなんて……。

哀しさと後悔、そして自分と夫への怒りで、苦しみもがいた一年あまりでした。

●在宅ホスピス医への道

私は二七歳の時、新聞の書評欄に載っていた書『死ぬ瞬間』（エリザベス・キューブラー＝ロス著、読売新聞社）という奇抜なタイトルに目を奪われ、すぐ書店に注文し一気に読み通しました。

大学卒業後、精神病院で働いていた私は、著者が精神科の女医であることに関心を持ち、さらに当時日本ではまだ癌の告知はほとんどされていないのに、アメリカでは患者さんに病名を伝え心のケアまでしていることに大きな驚きを感じ、心が震えました。

こういうものを運命的な出合いというのでしょうか。

私は決心したのです。

いつか日本でも癌患者さんに、病名を告げる時代がくる。その時、患者さんの心をサポートする医者になると。

でも「その時」は、なかなかやってきませんでした。

昭和五六（一九八一）年、浜松の聖隷三方原病院に日本で初めてホスピスが開設されました。その翌年から二年間、私はそこで研修をさせていただき、夢の道への一歩を踏み出したのです。

その後いくつかのホスピスを経て、自分のクリニック「ホスピス・ヒューマン・ネットワーク　ゆめクリニック」を神奈川県厚木市に誕生させたのは、平成六（一九九四）年のことでした。

夫に支えられて二四時間、三六五日態勢で、癌患者さんを在宅でサポートする仕事にのめり込んでいきました。

仕事を辞めてお父さん専従の医者になります

平成二三（二〇一一）年五月、スキルス胃癌ですでに肝臓にも転移していると分かった時、夫の病の深刻さと同時にセカンド・オピニオンのこと、私達二人の仕事をどうするかなど、あれやこれや哀しさと悩みが台風の雨と風のように私の心を打ちつけました。

夫はどうだったのでしょうか。

生命に対する危機感を超えて、絶望感に襲われたのではないでしょうか。宗教学者で悪性黒色腫と一〇年間闘って亡くなった岸本英夫氏のいう、「生命の飢餓状態」（『死を見つめる心』講談社）に陥ったと思うのです。

夫は、循環器内科の勤務医でしたが、以前大学病院で診ていた患者さん達の一部を私のクリニックで時々診療していました。そして平塚市にある後輩のクリニックには、月に二回、二〇数年通っていましたから、その方達のためにも私は最善策を探さなければなりません。

それにはまず夫の気持ちを知りたいと思いましたが、日々憔悴していく夫になかなか切り出すことが出来ず、悶々としていました。

でも時間は容赦なく過ぎていきます。

ある日、私は、思いきって夫に尋ねました。

「入院や治療で、どのくらい仕事を休むことになるかしら……。病院や患者さん達に迷惑をかけるので、これからの仕事をどうする？」

「僕はただ死ぬのを待ちながら生きていくのは嫌なので、やれる範囲で仕事は続けたい」

「分かりました。じゃあ私ができるだけお父さんの仕事をカバーする。二カ所のパート先には、早速状況を正直に伝えて、当分私が代理をさせてもらえるようお願いしましょう。そして私は在宅ホスピスの仕事は辞めて、お父さん専従の医者とナースになります」

彼は私の提案にちょっと驚いた表情で、こう言いました。

「君は仕事を辞めたら生き甲斐がなくなるでしょう。もし僕がいなくなったらどうやって生きていくの？」

「大丈夫。ここで中途半端な生き方をしたらずっと後悔すると思う。もう充分仕事をやらせてもらったから、今度は私が恩返しをする番よ」

「悪いね。ありがとう」と俯《うつむ》いて涙声になりました。

長年、「在宅死」をサポートしてきた私が、仕事を優先して最後に夫を入院させるということは、もう考えられない選択肢でした。

神が与えた試練なのか

昔、『妻の言い分・夫の言い分』（築地書館）という表題の本に私達が原稿を頼まれたことがありました。私は夫に、夫は私に手紙を書く形式で、彼はこんな風に私に手紙を書いていたのです。

「……この一年あまり、ホスピス病棟長としてすべてをなげうって仕事に没頭している君は、ちょうど水を得た魚のように喜び、飛び跳ねてキラキラと輝いている。人生のなかばを過ぎても、いまだに医学生のころと変らぬ若い心と情熱を保ち続け、夢中で仕事をしている君に、僕は感動さえ覚え、拍手を送りたいくらいだ。……中略……確かに、僕にとっては家事が負担になることもあるし、子どものことも気がかりではあるけれども、君にはこの仕事を続けてほしいと思っている……中略……君は働いているほうがずっといい。死にゆく人を看取るという仕事は君のライフワークとして何ものにも代え難いものだと考えている……今後も協力は惜しまないつもりだ」

このように一番の理解者であり、支援者だった夫です。その彼が自分のために私に仕事を辞めて欲しいとは、絶対に口にするはずがないのは分かっていましたから、私は今こそ最大の感謝の気持ちを伝えたいと思ったのです。

でも一方では、夢の終わりが、夫を見送る仕事になるとは！　私の神様は私に「なぜ」このような試練をお与えになるのか、何を私に気づかせようとなさっているのか……神様を恨みもしました。

頭の中に「なぜ」「なぜ」が、こだまのように響いてくると、決まって思い出すシーンがありました。

その患者さんの訪問診療を始めて数回目、二人だけになった時、三九歳の大腸癌の男性が「なぜ僕なんですか。今までずっと真面目に働いてきたのに。まだ小さな子どもが三人もいるのに……。なぜ僕がこんな目に遭わなければならないのですか。悪い奴らは世の中に、いっぱいいるじゃないですか」と頬をつたう涙を拭おうともせず、あふれてくる思いを訴えたのです。

「悪い人が癌になるのではありません。癌は罰ではないのです」と、やっとそれだけを言いました。彼だって、そんなことは知っているのです。でも言わずにはいられなかったのでしょう。

私も頭が「なぜ」「なぜ」に占領されてしまった時、私が彼に言ったように「癌は罰ではないのです」と自分に言い聞かせました。それでも心の片隅に「なぜ」は、くすぶり続けました。

でもそのうち、「なぜ」に思い悩む時間がないほど、事態は厳しく進んでいきました。

ゆく末？
わたしは
知りません——
わからないのです……
「こうしよう」と
ねがって
そう
なるわけでもなかった

過去は
すべて正しい
そして
すべて　誤ちでした

八木重吉詩稿『花と空と祈り』（彌生書房）

●海外旅行先での異変

平成二三（二〇一一）年のゴールデン・ウィークに、私達はオランダ・ベルギーのツアーに参加しました。

夫は昔、学会のついでに両国とも行ったことがあり、特にベルギーは気に入って「いつか君を連れて行きたい」と言っていたのです。

私が二四時間態勢の仕事をしていたので、二人で遠方に出かけるのは、なかなか難しいことでした。患者さんが急変した場合の対応を考えなければなりません。それぞれの元主治医に連絡したり、知り合いの医師を頼んだり。

準備の段階で煩わしく思って、長い旅行はいつも諦めてしまいました。でも仕事を辞めてからでは長旅の海外旅行は体力的に無理になると思い、前年から充分な準備をして、思いきって出かけることにしたのです。私達にとって三回目の海外旅行でした。

自由時間も二人で歩き廻り、いつもはいやがる私のショッピングにも夫は付き合ってくれ、まるで恋愛時代に戻ったように、私は弾んでいました。

夫も絶好調だと思っていたのです。

ホテルでの朝食時、夫が自分でお皿にのせてきたワッフルを残したのに気づき、「美味しくないの？」と訊きました。

「いや、美味しいけど……」

多分「美味しいけど、胸につかえる」だったのでしょう。夫はたびたび話の後半を省略する人でした。でも全ての時間が楽しくて、うきうきしていた私は「あれっ？」とは思ったものの、それ以上気に留めませんでした。

帰国して六日後、旅の疲れが出たのか、私は三九度台の高熱を出し、抗生物質と解熱剤を服用しながら何とか最低限の仕事だけはしていました。

そのうち、咳と痰が増え胸はゼーゼーし、肺炎かなと思いましたが、家で寝たり起きたりして一週間。

その日、金曜日の夜、夫は座間キャンプ（アメリカ軍基地）で英語を習った後、夕食にとお寿司を買ってきてくれました。私は食欲がなくてほとんど残しました。普段はそれを夫が食べてしまうのに「お寿司がつかえる感じで苦しい」と言うのです。

「胃癌じゃないの？　この頃、時々胃薬を飲んでいるでしょう。だからきちんと検査をしないと」

「時々胸やけはするけど、一、二日薬を飲むと治るのだから胃癌のわけないだろう」

「いつもそんなことばかり言って。もし明日病院で検査をしなかったら、今度こそ私が知っている先生に予約を入れちゃうから」と、私はいつになく強く勧めました。

「分かった」と夫は元気なく応えました。

彼も今までと違う何かを感じていたのかもしれません。

「やはり、癌だった」の短いメール

夫の父親は四四歳で胃癌で亡くなったそうです。胃の不調を訴えて半年くらいだったとか。

「親父の年齢までは生きないと」と言って、若い頃は何回か胃の内視鏡検査を受けましたが、そのつどゲーゲーと苦しんだようで「あれは野蛮な検査だ。あんな苦しい検査を二度と受けたくないと思う人が多ければ、早期発見早期治療にならないだろう。検査だって、苦しくない方法を考えるべきだよ」と、そのたびに嘆いていました。

痛い、苦しいが大嫌いな夫は、四四歳を過ぎてからは何度脅しても検査を受けようとはしませんでした。

もし夫が医者でなかったら……。

胸やけを訴えてたびたび病院を受診すれば、検査を勧められて胃癌はきっと早く発見されていただろうと思いましたが、「もし」なんて考えても仕方ないことでした。

検査は嫌いでしたが薬が好きで、薬嫌いな私は「薬ばかり飲んでいると大病を見落とすわよ」と、何度か皮肉を言ったものです。

翌日の午前中は東京の病院で仕事があり、午後検査を受けた彼からメールが届きました。

「やはり、癌だった」の短いメールでした。

私は「やはり」とショックはありましたが、胃癌で胃を全摘しても元気な患者さん達を何人も診ていたので「何とかなる」と、比較的楽観的に受けとめ、次の段取りを考え始めました。

帰宅した夫は、さすがに表情は固く「やっぱり癌だった。血液検査では全く異常もないし、昨日まで自覚症状もなかったのに」と落胆していましたが、「大丈夫。お義兄さん（私の姉のつれあい）だって四〇代で胃癌の手術をして、余命数カ月と言われたのに七二歳まで生きられたし、OさんもWさんも胃を全部取ってもお元気でしょう。がんセンターに、すぐに予約をしましょう」と、私が努めて明るく話を進めると、夫も「そうだね」と、少し安心した様子でした。

その日のうちに、懇意にしている神奈川県立がんセンターのS看護師さんに相談し、二日後の月曜日にT先生の診察を受けました。

CT検査は、がんセンターが予約でいっぱいだったため、夫の勤務先で翌日受けることにしました。

「ごめん、君を一人にして逝くなんて……」

五月二四日。忘れもしません。「肝臓に転移している」と、またも短いメールが届きました。全身の力が抜けたというのか、血の気が引いたというのか、身体がサーッと冷たくなるのを感じました。

胃癌、そして肝臓転移——その意味していることの重大さに、胸がしめつけられるようでした。

夫は東京から一人、どんな思いで帰ってくるのかと可哀想でいたたまれず、私は時計ばかりを見ていました。いつもは聞き分けられる夫の車の音が、その日は耳までショックで壊れてしまったのか、何度も玄関の外に出てみるのですが、姿はありません。

やっと夫が帰宅。居間に入るなり「もう駄目。ごめん。七〇歳くらいまでしか生きられないかもしれない」と、かすれた声で言いました。夫の目と口元には、言うに言われぬ哀しみを宿していました。それは昔、学生時代に別れ話を伝えた時に一度だけ見た表情でした。

私は「そんなこと言わないで。私を一人にしないで……」と、二人で手を取り合って泣きました。

夫は泣きながらも「ごめん。君を一人にして逝くなんて……。ごめん、ごめん」を繰り返しました。

死なないでとわが膝に来てきみは泣くきみがその頸子供のやうに

『河野裕子歌集　蟬声』（塔21世紀叢書）

私は夫のメールを受け取るまで、ベッドでゼーゼー、ゴホンゴホンと咳をしていたのですが、不思議なことにメールのショックのせいか咳と痰が消えました。いや出ていたのでしょうか？　気持ちがそちらにいかなくなったのかもしれません。

落ち着いてから話を聞くと、画像診断では癌は胃全体に広がり、胃壁はかなり厚くなっていて、肝臓には一個転移が認められるということでした。

胃癌の肝臓転移、それは大腸癌の場合とは異なり厳しいものなのです。

数日前まで、毎日幸せを味わいながら暮らしていたわけではありませんが、肝臓に転移していることを知った瞬間に、将棋倒しのように今までの平穏な日常がパタパタパタパタと崩れていくのを感じました。恐ろしいほどの速さで、当たり前と思っていた幸せが消されてしまいました。

こうして発症からわずか四日で、私達は今まで住んでいた世界と別の世界に押しやられてしまったのです。

手おくれであったのだだがしかし悔いるまい生き切るべし残りし生を

『河野裕子歌集　蟬声』

●越えられない溝

昔、肺癌のK氏が私に「余命いくばくもない人と、今元気に生きている人との間には、越えられない溝がある」と語ったことがありましたが、その「溝」のこちら側は、想像していた以上の暗い寂寞《せきばく》とした世界でした。

夫は毎日ガクッ、ガクッと、つるべ落としのように身体全体が縮んでいきました。

入院の前日、パート先の一つである平塚市のクリニックに、私の運転で出かけました。そこの院長先生は、私達の大学の後輩です。仕事を続けたいという夫の意向を快く受け入れてくださったので、仕事を引き継ぐために私も同行しました。

診察室で、私は夫の隣に座りました。彼は患者さん一人ひとりていねいに、時には冗談を交えながら対応していきます。そして「病気療養のため、しばらく診療を休むので、家内が代理をします」と説明しました。

何人かの患者さんから「何の病気ですか？」と訊かれ、夫は「胃癌なんですよ」と、答えました。「えっ、先生が癌？　頑張ってまた戻ってきてくださいね」

と、涙を見せる患者さんもいて、私は初めて見る夫の医師としての姿に、何度もこみあげるものがありました。こんなに優しい人がなぜ、と……。

詩人の中桐雅夫氏が「新年は死んだ人をしのぶためにある　心の優しいものが先に死ぬのはなぜか　おのれだけが生き残っているのはなぜかと問うためだ」と詠みましたが、私も本当に心優しい人が先に逝くのは「なぜ」と幾度でも問いたくなるのでした。

家では暗く、沈んだ表情の夫が、患者さんと話している時は、頬がこけて明らかに衰弱しているとはいえ、柔和な笑顔で、いつも通りに声も出ていました。改めて夫の仕事に対する強い思いが伝わってきて、私は体力的にどんなに大変でも、夫が仕事に戻れるように、代役を頑張らなければと覚悟を新たにしたのです。

次の日、がんセンターに入院。病名が判明して六日目でした。

バリウムの検査では、流れが悪く即中止になりました。バリウムが流れないのでは、食べ物が食べられないはずだと納得しました。下剤のためか、夜になって「下痢をして、下着を汚したので自分で洗濯をしたよ」というメールを読んで、私は、夫の姿を想像しただけで可哀想で、泣けてしまうのでした。

でも、このような厳しい状況でも「何か本でも持っていこうか」と訊くと、「英語のテキスト」と、答えます。この、まだ学ぶことを断念していない夫の生き方に、心を打たれました。

●化学療法ではなく、手術をしてほしい

T先生から、外科の先生との合同カンファレンスの結果、結局手術は出来ない旨の説明を受けても、夫は聞き入れませんでした。胃癌で肝臓に転移がある場合、標準治療は、化学療法（抗癌剤治療）なのです。夫は、肝臓の転移がまだ一個なのだから、どうしても手術をして欲しいと言い、「まずは七〇歳を目指そう」と、珍しく私の手を何度も強く握るのです。それは、自分の願いを私に託したという心の叫びだったのでしょう。

夫の希望を叶えるため、私はなりふりかまわず、がんセンターの知り合いの先生達を通して、手術の再検討をお願いしましたが、外科の先生は受けてくれませんでした。それは先生が冷たいのではなく、標準治療から外れているためと、私は分かっていました。けれども夫は思うように進まない状況に「僕はどうしても手術をしてもらいたい」とあきらめません。

夫の心情は察しても、緊張感と慣れない仕事が増えたことで疲れがたまった私は、心の中で「だから何度も検査を受けるように言ったのに」と、責める気持ちを抑えることが出来ませんでした。

何が何でも夫を支えたいと思ったのに、疲れは心を狭くも醜くもしてしまいます。そんな自分を情けなく「意気地なし」と叱りました。挫けそうな私に、がんセンターのO先生と元看護部長のOさんが、セカンド・オピニオンを受けるよう助言してくれました。

私は我に返り、がん研究会有明病院（以下、がん研有明病院）のM先生を思い出し、胃癌の手術で著名なS先生のご意見を伺えるようお願いしました。

S先生は、がんセンターのT先生からの紹介状や資料を見て、バイパス手術と化学療法が妥当だと言われました。「私もそう思う。でも」と心の中で突き上げる声があり、医師という立場を忘れて、妻として「先生、もし先生のご家族でしたら、どうなさいますか?」と、質問してみました。非常識と思われようが必死でした。S先生は迷わずに、

「僕の家族なら腫瘍を取るつもりで開きます」

私も即座に、

「では夫もそうしてください。それが夫の望みですから」と、お願いしました。

先生は、スキルス胃癌は腹膜に播種《はしゅ》しているケースが多いので、膵臓への転移と腹膜播種がなければ、腫瘍切除とバイパス手術をし、肝臓の転移は致命的でないので放置。術後は、化学療法という一連の方針を示してくださいました。

それまで黙って説明を聞いていた夫も「手術をお願いします」と、はっきり意思表示をしました。

S先生は、三日後から学会出張で海外に行くため、手術は帰国後早々に決定。それまでに入院して、手術に向けての検査を行うようN先生に指示を出しておきますと、外科の医師らしくてきぱきと、でも温かく取り計らってくださいました。

なぜもっと早く気づかなかったのか

その日は、がんセンターから外泊許可をもらい、厚木の自宅に戻りましたが、夫はもうぐったりして言葉も出ません。

せっかく希望に向けて一歩踏み出せたのに、この状態では手術など出来るのだろうか。思った以上に病状は進行しているのではないか。やはり標準治療のほうが良いのかもしれないなど、心配ばかりが募ります。

目を閉じて、横になっている夫の横顔をじっと見ていると、辛さがこみ上げてきます。一人階下に降りて、また涙、涙です。どうして、こんなになるまで私達は、気づかなかったのか。考えれば考えるほど、惨めになってしまうのです。

わたしは
白鳥を追うてきた
そして　ここは　ひとつの岬です
もう　わたしはゆけません

だのに　ああ
白い鳥はまだとんでゆく
いっちまうのかえ⁉
ああ　いってしまうのかえ　白い鳥よ

八木重吉詩稿『花と空と祈り』

あまりにも急な展開で、夫のいくつかの職場や患者さん達への予約変更の連絡。二倍になった医師としての仕事、夫の治療に関する問題の対処、そして家と病院の往復など、やらなければならないことが多過ぎて、思考回路が正常に作動しなくなっていました。

そのうえ困ったことに、長男は家族を伴ってアメリカに留学中でした。彼は免疫学が専門の医者で、癌についての知識は多くはなかったのですが、父親がスキルス胃癌と知って、一時は実験も手につかないほどショックを受けたようです。それでもネットで調べたり、同じように留学中の外科の先生の意見を聞いてくれたりして、せっせと伝えてくれました。

私達を気遣うメールも毎日送ってくれて、その優しさを心強く思いつつも、実際に動き回るのは私一人でしたから、体力的には限界を感じることも何度もありました。

在宅医としての体験に支えられて

今にも崩れそうな私を見守り、励ましてくださる先生、看護師さん、患者さん達はいましたが、私を最後のところで支えていたのは、在宅医としての体験でした。

ある遺族の方が「私達には玉地先生が付いていてくださったけれど、先生には玉地先生がいないので可哀想です……」と、メールをくれたのですが、実は夫の病気が分かった時から、私の心の中にもう一人の私、つまり医師としての私が現れて、今まで患者さんや家族に話してきたように、時々妻の私に語り聞かせるのです。

「もう駄目。これ以上進めない」と、妻の私が弱音を吐いても「癌患者さんの家族は、みなさん疲れ果てていたけれど、倒れた人は一人もいなかったでしょう。

だから大丈夫」と、医師の私が妻の私に言い聞かせるのでした。
こうして先の見えない一人芝居は続いていきました。

県立がんセンターからがん研有明病院への転院は、T先生が快諾してくださり、さらに手術後の化学療法もT先生にしていただけることになりました。

転院後一〇日目が、手術予定日に決まりました。S先生は、大学病院で研修医をしている次男が、手術に立ち会うことを勧めてくださいました。

超多忙な次男は、ほとんど病院に顔を見せることがなかったのです。息子の大事な時期に「もっとお父さんに会いに来てあげて」と、強く言っていいのか、それは親の身勝手というものか、私は一人気をもんでいたので、S先生のご好意に救われた思いでした。これで次男も、一つ親孝行が出来ると、私の胸のつかえが降りました。

長男は、手術日に合わせて家族五人で一時帰国すると、連絡してきましたが、小さな孫たちの長時間フライト、日本での不便なホテル暮らしを考えると、長男家族の申し出は嬉しく受けとめて、でも断りました。

私は夫のことだけに、集中したかったのです。幸い姪が、病院近くのマンションに住んでいたので、私はそこに居候させてもらう手はずになっていました。夜病院からそのマンションに戻り、仕事のある日は朝、厚木に帰ったり、東京の夫のパート先へ向かったり、仕事が終わり次第、夫の病室へ……といった日々のやりくりでした。

手術日の二日前、厚木で集中的に仕事をし、夜、わが家に戻ると浦島太郎ほどではありませんが、異次元の空間にいるような感覚にとらわれ、思わず周りを見回してしまいました。家の中の空気が何とも侘しいのです。

でもその時は、寂しかろうが、哀しかろうが泣いている余裕などなく、洗濯、掃除、仕事の段取りのメモなど、家の中をバタバタと動き回りました。

翌日は、乳癌の患者さんの訪問診療を済ませてから、がん研有明病院に戻り、夕方S先生の説明を夫と次男と三人で聞きました。

「スキルス胃癌で、膵臓と大動脈の周囲のリンパにも転移しているかもしれません。高い確率でバイパス手術になりそうです」

病室に戻った夫は「スキルスか……」と、がっくりと肩を落としました。すでに何度もスキルスと聞かされていたのですが、夫は最も聞きたくない言葉は、フィルターをかけて除いていたのでしょう。

でも私は困惑しました。手術は明日、一二時間後です。落ち込んだまま、手術を受けさせられないと思い、

「今の説明は画像診断での推測だから、開けてみないと本当のところは分からないのよ。先生のお話はみな『……かもしれません』だったでしょう」と、励ましましたが、それでも夫には届かなかったのでしょう。表情は沈んでいました。

今夜は眠れないかもしれないなと、病気に不慣れな夫が不憫に思えてなりません。

私自身はやはり覚悟していて良かった、期待して、またどん底に落とされるのはこりごりだからと、患者本人の夫とは少し違った見方が出来ました。

●淡々と手術室へ

夜は次男と一緒に姪のマンションに泊まりました。翌日に備えて私達は早めに

寝ることにしましたが、ベッドに入ると彼はスキルスのショックから少しは立ち直れただろうか、もう眠っただろうかなどと、心配ばかりが頭に浮かんできてしまいます。ほとんど眠ることが出来ませんでした。

手術当日、早朝七時半前に病室に入ると、夫はすでに着替えが済み、思ったより穏やかな表情でした。

「眠れた？」

「うん。眠れた」

そういえばこの人は、昔からどんな状況でも眠りが最優先だったと思い出しました。どんな大きな心配を抱えても、鼾《いびき》をかいて眠れる人だったことを忘れていました。

夫は歩いて手術室に入りました。テレビドラマで観るような、二人で見つめ合ったりハグしたりなどのシーンはなく、振り返ることもなく淡々と消えました。心が乱れないようにそうしたのかもしれません。息子もいつの間にかいなくなっていて、手術室に入ったようです。

夫と次男は性格が似ていて、言葉が足りないのです。「じゃあ、みんなを代表してお父さんのそばにいるから、お母さん心配しないで」とか、「僕がお父さんをしっかり見守っているから」くらい、嘘でもいいからひとこと言ってくれてもいいじゃないの……。一緒に病室に入ったはずなのに、まるで忍者のように消えてしまいました。

姪に「二時間くらいで呼ばれたら、バイパス手術だけだと思う」と説明し、私たち二人はしょっちゅう時計を見ながら、呼ばれる時間を気にしていました。

夫が手術室という部屋に入って二時間が過ぎ、「もしかして、これなら胃の全摘が出来るのかな。いや、何時に手術が始まったかによるな。遅く見積もって一一時前後にPHSが鳴ったら、バイパス手術だけかな」。息詰まるような思いが次々に浮かんで、姪との会話も少なくなります。

遠方で心配している私の姉達に、姪が時々途中経過を知らせています。姉は朝から両親のお墓に行き、夫の手術の成功を祈ってくれたと連絡がありました。

一一時三〇分、S先生に呼ばれました。結果は……心臓がドッドッドッドッとすごく速く打つのが分かります。

「膵臓への転移も腹膜播種もありませんでした。細胞診も陰性だったので、胃を全摘しました。リンパはD２郭清（リンパ郭清の範囲）をしました。この後は、肝臓グループが入って詳しく調べて、転移が一個であれば、切除する方針です」

予想以上というより、思ってもいなかった結果に、地獄で仏に会った心地でした。目の前のS先生は私達にとって、まさに仏様のように思えました。

でも、その喜びに酔いしれてはいられませんでした。S先生の説明のあと、四時間経っても呼ばれず、酔いが覚めて不安が広がってきたのです。

朝はいっぱいだった家族控え室は、私達のほか一家族になっていました。その一家族とたまたまトイレで一緒になり、先方から話しかけてきました。

お母さんが半年前に胃癌の手術を受けて今回は乳癌なのだとか。お姉さんらしき娘さんに「お宅は？」と訊かれました。夫が胃癌で、朝から手術室に入ったままだと言うと「ずい分長いですね。心配ですね」と、言ってくれましたが、二人の娘さんの表情の明るさに少し気圧された感じです。ああ、トイレに行かなければ良かった。

少し前の有頂天だった気分は失せてしまいました。

もうすぐ五時間。

夫が手術室に入ってから八時間余り……。不吉な光景が頭に浮かんできます。若い先生が「あっ駄目だ！　大出血だ！」と叫ぶ。立ち合っている息子はどうしたらいいのか右往左往。それから私が呼ばれて「本当に残念ですが……想定外のことが起こって」と、ブルーの手術着の先生に頭を下げられる。私は一瞬うろたえますが、思い直して……彼は死の恐怖を感じなかったのだから、そのほうが良かったのかもしれない。昨日スキルス胃癌と知って、かなりショックを受けたようだし……後ろを振り返らずに手術室に入ったのは、私の目に残る最後の姿を曖昧にするためだったのだ。でもこれって先生の失敗？　それとも彼の運命？

ところでお葬式は長男が日本にいないので、どう段取りするの？　中桐雅夫氏が「心優しいものが先に死ぬのはなぜか」と詠んだけれど、彼は優し過ぎたのだ。もっと我儘を言って、悪い人で良かったのに。

情報のない、長い待ち時間は頭を混乱させます。

生きて戻れた！

「こういう場合、誰かメッセンジャーがいて、今どんな状況か知らせてくれればいいのにね。何も分からずに、長い時間待ち続けるって、すごい緊張する」

姪が不平を言っていると、午後四時半過ぎに看護師さんが突然「玉地さんのご家族はこちらにどうぞ」と、直接迎えに来てくれたので、私はギョッとしました。事前の説明では、ＰＨＳで呼ばれることになっていたのですから。

恐る恐る「主人は戻っているのでしょうか」と訊くと、あっさり「ＨＣＵ（高度治療室）にいます」。

力が抜けてしまいました。

生きて戻れたのだ！　今、夫は生きているのだと嬉しさがはじけました。最高の喜びでした。ＨＣＵに入ると、夫は目が腫れぼったいものの、意識はクリアで腹部に重苦しさは感じるけれど、痛みはないとはっきり状況を伝えることが出来ました。痛みが大嫌いな夫には、何より嬉しかったでしょう。

盛んに痰を出しては、かたわらでまだ手術着を着たままの次男がていねいにティッシュで拭き取っています。昔、私達が子どもにしたように、今は息子が父親に優しく接しています。S先生がチャンスを与えてくださらなければ、このような親子の姿は見られなかったと、目頭が熱くなりました。

当初、肝臓の腫瘍は放置するはずでしたが、息子の話によると転移した腫瘍は一個だけだったので切除したとのこと。

いつもは糠《ぬか》喜びを恐れて自制する私も、さすがに今回は嬉しさを抑えられず、夜は姪のマンションで缶チューハイで祝杯をあげました。

翌日HCUに行くと、夫は前日より元気でニコニコしています。酸素マスクも取れて、痰もほとんど出ません。許可された一日三〇〇CCの飲み水を慎重に少しずつ飲んでいました。「昨日、祝杯をあげてと言うのを忘れちゃった」と言う夫に、「三人であげました」と答えると、さらにニコニコしました。

続けてこんなことを言ったのです。

「九回裏、二対〇で二アウト。ランナーは一、二塁でスリーランホームランを打ったような気分だった」と、前日の手術の感想を述べたのです。姪と息子はすぐ理解出来たようで笑いましたが、私は頭に野球場を描き、ランナーを一、二塁に置いて自分がバッターボックスに立った状態を想像して、やっと夫の凝った表現が分かり、遅れて笑いに参加出来ました。

夫は最高の喜びを表すために、麻酔が覚めてから一生懸命考えたに違いありません。私達三人は「すごい」「すごい」と、感心しました。

夫のベッドの隣とお向かいの患者さんは、難聴なのか認知症なのか、看護師さんと大声でチンプンカンプンの会話をしていて、つい私達も笑ってしまいました。もし腹膜播種があってバイパス手術だけだったら、周りの会話に笑える余裕などなかったでしょう。この幸せが、一日でも長く続きますようにと、祈らずにはいられませんでした。

ただほれぼれと
掌をあわせたい
かしこいひとが
いったように

八木重吉詩稿『花と空と祈り』

第2章　再発、そして別れの準備

退院後に始まったもうひとつの苦労

手術後の経過は順調で、二日目には三分粥、次の日は全てのチューブが抜けて、食事も五分粥とじゃがいものミルク煮、プリンなど、そのメニューには驚かされました。じゃがいもが固形のまま出されたのですから。昔の術後の食事とはさまがわりしていました。

私も五日目から、東京と厚木を往き来してのハードな日常に戻りました。

退院後の化学療法について専門の先生からシスプラチンと内服薬のＴＳ１を勧められましたが、夫はシスプラチンを拒否しました。副作用が強いからです。

でも私は一瞬迷いました。肝臓に転移していたということは、血液中に癌細胞が流れて肝臓に居着いたわけですから、まだ、微小な癌が肝臓に残っているかもしれません。強い抗癌剤でたたいておいたほうが良いのではという思いが頭をよぎりましたが、シスプラチンを使う時は、入院が必要です。

何人もの患者さんが、その副作用に苦しんで「あれはやりたくない治療だ」と言っていたことを思い出しました。苦しいことが大嫌いな夫には無理かも知れないな。そして現在は見える癌がないので、一クールやっても効果は評価できないし、などと考えて言葉をはさむのをやめました。

そして横浜のがんセンターに戻りたいとお願いすると、先生は家も近いし、内服だけならそのほうがいいでしょうと、了解してくれました。

がん研有明病院からは順調に退院出来ると思っていましたが、八日目に三八・三度の発熱で禁飲食になり、結局手術後一一日目、入院してからは三週間がたって自宅に帰ってきました。

厚木と東京の二重生活が終わり、これで少しは私の疲れも回復するだろうと思ったのですが、甘い予測でした。別の種類の苦労が始まったのです。

私が関わった患者さん達のほとんどは、食欲がないか、点滴で栄養補給をしている人達ですから、家族は患者さんの食事作りで大忙しということはありません。ゼリーを数口、イクラを何粒食べたと言っては喜ぶような世界だったのです。

ところがわが家は違いました。退院前に栄養士さんから食事指導がありましたし、入院中の食事内容をメモしていましたから、それを参考に、夫が帰る前にたくさんの食材を買い込み準備しました。ところが、夫が希望するのはうどん、焼きなす、きゅうりの酢の物、おさしみ、甘辛い煮物など。胃を全摘した患者には要注意のうどんや甘辛い煮物なども含まれます。

知り合いの外科の先生に「僕は患者さんに、麺類は許可しませんよ」とアドバイスされましたが、麺類が大好きな夫は一日に二回は食べたがります。

最初はそうめんを短くして柔らかいにゅうめんにしましたが、「食べた気がしないので、さぬきうどんにして」と要求します。

「腸閉塞になったら困るでしょう」

「大丈夫。よく嚙むから」と、聞き入れません。

冷凍のさぬきうどんを電子レンジで柔らかくしてから二センチくらいの長さに切り、かつおだしでグツグツ煮込み、卵とじにしましたが「こんな短いのは、うどんとは言わないよ」と反発しました。でもその不平は聞かなかったことにして、しばらくは二センチを続け、徐々に長さと固さを夫の希望に近づけていきました。

夫の変化

果物もバナナや缶詰のみかんからメロン、スイカ、特に巨峰やピオーネなど大粒のぶどうを欲しがりました。

元気な頃は、ぶどうの季節になると、毎日一房は食べていたのですが、胃がなくなってからも自己流の安全性をあげて、三粒から始まりあっという間に五粒は食べるようになりました。

ある日はラーメンが食べたいと言い出し、私はうどんと同じように、ゆでたラーメンを細かくカットしスプーンで食べてもらうことにしました。案の定「こんなのラーメンじゃないな」と不機嫌になりました。

病気になる前の夫は嫌いな食材さえ使わなければ、食べ物に頓着しない人でしたが、退院後のこだわりの強さには戸惑うばかりでした。そしてさらに私を悩ませたのは、食事の時間です。

朝四時頃は、私にとっては夜中です。ところが決まってその頃になると「お腹がすいて気持ちが悪い。何か作ってくれる？」と、私を起こすのです。私は仕事と家事と翌朝の食事の下ごしらえで、寝るのはいつも一二時過ぎで、グッと寝入った頃に起こされては、慌てて朝食を作り、夫が食べている間に、洗濯やゴミ出しをして、次は一〇時頃になる二回目の食事の用意をします。私自身は流し台の前で立ったままパンを食べるのが当たり前になってしまいました。

病院では三回の食事と二回のおやつでしたが、退院後はそういうわけにはいきません。胃がなくなった分一日五、六回の食事が必要になったのです。

そしてその都度私が「よく噛んでね」と言うものですから、以前は温厚だった夫が「何度もうるさいな。子どもじゃないんだから分かっている」と怒るようになってしまったのです。たしかにうるさいだろうと思い、私は心配しながらも注意することはやめました。

ところがある日、食べ物がつかえて苦しんだ後「ああびっくりした。苦しかったよ。この頃慣れてきて、あまり噛まずに食べているかもしれない。時々注意してくれる？」と、子どもではない夫が、私に頼むのです。

睡眠不足と忙しさゆえに、私は逆転スリーランホームランの感動を忘れて、イライラすることもあり、家を離れて仕事をしている時が一番落ちつけるのでした。

夫は手術後一カ月経って仕事に復帰しました。東京の病院に行く時は、小さなおにぎりを数個、バナナ、ウィダーインゼリー、クッキーなどを持たせるのですが、帰る時はお腹がすいて久我山駅近くのパン屋さんであんドーナツを買ったり、長いままの麺類を食べたりしていることが分かりました。

がん研有明病院には、腸閉塞で再入院している患者さんが意外に多かったので、私は転ばぬ先の杖とばかりに、心配せずにはいられませんでした。

でも仕事に復帰してからは、夫のすることにもう目をつむるしかありませんでした。決して開放的とはいえない性格の夫と、なるべく争いを避けて楽しく暮らすにはコツがありました。ある線を越さないことです。つまり顔色を読むのです。

まあ、仕方がないかとあきらめました。これが胃癌の早期発見が出来なかった原因の一つでもありましたが、腸閉塞もなったらなったで仕方ないと覚悟をしました。

息子まで癌？

手術後五週間余りが過ぎ、がん研有明病院から横浜の県立がんセンターに戻って二週間に一回の通院でＴＳ１の内服を始めました。

術後三カ月目のＣＴ検査では問題はなく、抗癌剤の副作用も軽い味覚障害程度でしたし、無謀な食べ方をしていても腸閉塞にもならず、数回のダンピング症候群（胃切除後は、食物が未消化のまま、小腸に流れ込むため、血糖値の変動や各種ホルモンの分泌によってさまざまな不快な症状が起こる。食後二〜三時間後に起こる後期ダンピング症候群がある）を経験したくらいで、順調な回復を見せていました。

一一月には、留学を終えた長男が三年半ぶりに帰国。これからは、私一人で悩まなくてもいい、近くに家族がいると思うだけで、肩の荷が降りた感じでした。しかし、ほっとしたのもつかの間、長男にとんでもないことが起こりました。

勤務先の大学病院に提出する健康診断書のため、検査を受けたところ、肺癌の疑いがあると言われたと連絡がありました。

「まさか」と絶句してしまいました。それこそ青天の霹靂《へきれき》でした。

「なぜ今……」「なぜ息子まで……」と、本当に驚き、落ち込みました。とにかくセカンド・オピニオンを受けさせようと、すぐがんセンターのＷ看護部長さんがＫ総長先生に相談してくださって、読影に優れているＹ先生を紹介していただきました。

どうか肺癌ではありませんようにと、私は昔からなぜかトイレで祈る癖があり、トイレに行くたびに両手を合わせました。

少し冷静に考えてみると、医師同士は、どうしても深読みの傾向があると思えてきました。少しでもグレーゾーンなら、万が一を考慮して悪い方に読むのではないかと、自分に言い聞かせました。

一方夫にとってもまた大きなショックだったと思いますが、いざという時の強い父親の顔で「肺癌は厳しいな。子ども達もまだ小さいし、父親が必要だから、僕が頑張らないと。まだまだ死ねないよ」と、頼もしいというより、意外なことを言ったのです。

夫はすっかり息子の肺癌を認めて、先々の心配までしていました。私は困惑しました。

息子が亡くなって夫も……それは受け入れられない。

私はついに神様と取り引きをしました。

どうしても一人は神様の御許にお連れになるのでしたら、どうか息子を残してください。息子には、まだ幼い子が三人もいるのです。夫もまだ若いですが、父親の務めは果たせました。孫には、父親が必要なのです。


息子の受診日が、まるで冤罪で裁判にかけられるような、不安の塊になって、私の周りから色や音が消えて、動きの止まった世界になってしまいました。

重苦しい日々の中で、今度は夫に最も恐れていたことが見つかりました。

一一月にがんセンターで受けた、手術後二回目のＣＴ検査で、肝臓に二、三個転移していると言われたのです。逆転ホームランの感動からまだ五カ月。言葉を失いました。

孫のために死ねない。頑張らなければと、生きることに強い責任感のようなものを示した夫が、この再発をどう受けとめたかは、定かではありません。恐らく打ちのめされただろうことは、想像出来ます。

私は……私はもう運命に抗う気持ちは、萎えてしまいました。夫の口から「それでも頑張るぞ」という言葉は出ませんでした。力を落とした夫の手を取って、黙って駐車場に向かったのです。

帰宅後、すぐにがん研有明病院の肝臓担当のA先生に予約を入れましたが、頭の中は空っぽで、夫を慰める言葉を探すことが出来ません。

二日ほどが茫然と過ぎ、いよいよ息子の運命の日です。

Y先生はCTの画像を見るなり、間を置かず、「癌ではありません。リンパ濾胞です」と一言。

張りつめていた気持ちがプツンと切れて、喜ぶことさえ忘れました。Y先生と息子は、笑いながら何か話していましたが、その会話は音のように聞こえていました。

ああ、これで一人は救われた。でも……。

私は神様と取り引きをしたことを後悔し、夫には言えませんでしたが、息子にだけ打ち明けました。実際には、神様にお願いする前に、夫はCT検査を受け、息子の受診日の二日前に、結果を知らされたので、理屈では、私の祈りとは全く関係ないと分かってはいても、後味が悪く、ぬけぬけと神様に息子のお礼を述べた後、夫の生命もできるだけ安らかに長く伸ばしてください。そして欲張りな私もお許しくださいと、手を合わせました。

●再発、年越しはこれが最後かもしれない

がん研有明病院のA先生は、病院近くのクリニックでMRI検査を受ける手配をしてくださいました。その結果、腫瘍は四個と分かりました。病院の承認を得れば、四個でも手術可能と言われましたが、S先生にも相談し、夫は手術ではなく抗癌剤を変えて、経過を見る方を選びました。

帰宅後、夫に転移の場合でもラジオ波焼灼療法をしている病院があることを話しましたが、希望を断たれたショックのせいか、治療の話にはのってきません。

その後、肝臓癌に効果があるというサプリメントなどを知人から勧められて購入しましたが、夫は一切飲みませんでしたし、私もそういう類のものを、あまり信じられないので、無理強いはしませんでした。

かなしみの日は
山なみの
その山ひだのながれにすら
こころをつつくようないたみをかんずる

八木重吉詩稿『花と空と祈り』

県立がんセンターで、別の抗癌剤、イリノテカンを二週に一度、点滴することになりました。制吐剤を服用しても吐き気が強く、眉間にシワを寄せて沈んだ様子が続きます。私は気分転換をさせたいと、一二月末に横浜ニューグランドホテルに宿泊予約を入れました。

山下公園に面して建つ、私のお気に入りの老舗ホテルです。当日は、元町を二人で腕を組んで歩き回り、薬の副作用で抜け毛が多くなるかもしれないと、素敵な帽子を買い、元気な頃の夫に戻ったところで食事。カニ・イクラ丼を完食、翌朝もホテルでの朝食をほぼ全量食べました。一度も吐き気がなく、気分転換は成功しました。

私は内心、家族全員での年越しは、今年が最後ではないかと思い、長男に相談して伊豆・伊東のホテルに予約もしていました。そのおかげで大晦日も元日も、夫はおじいちゃんの顔になって、孫達と楽しそうに過ごし、よく食べたのです。

イリノテカンはTS1より副作用が強くて、家では食事のたびに、味覚異常、舌の痺れ、吐き気などを訴えてはいましたが、食欲はあり、麺類、お寿司、酢の物、カレー、甘い物などは、今まで通り食べられるのです。

私が老人ホームの入所者の方のお看取りのために、夜中に二宮町まで出かけた日、草餅と道明寺を一個ずつ食べたそうで「美味しかった。毎日買っておいてね」と頼まれました。深夜一人で、お茶もなく草餅を頬ばっていた夫の姿が目に浮かび、私は切なくなり「何でも好きな物を言って、いつでも買ってくるからね」と祈りたいような気持ちで言いました。

別れの予感を抑えながら

一月二九日は、夫の六八歳の誕生日です。二八日と三一日は孫の誕生日なので、長男が日本にいた時は、この時期に三人分のお祝いのため、伊東や箱根に出かけたのですが、この年はわが家に全員が集まって、また賑やかにお祝いをしました。患者さんやご家族はよく言っていたものです。世間が活気にあふれる年末、年始や、うきうきするゴールデン・ウィーク頃は、病気をしている者にとっては辛いなと思う、と。

私も暮れからお正月にかけて、心の底には哀しさを感じていたものの、人並みの楽しい時間を過ごせました。楽しいとはいっても、時々別れの予感がふと湧き上がってくるので、それを抑えながらではありましたが。

悪夢のような息子の癌騒ぎと、夫の再発のダブルショックも落ち着いた頃、また問題が起こりました。

抗癌剤の副作用で肝機能障害が出たため、イリノテカンは二回で中止になったのです。夫は「何をやっても駄目だな」と、独り言のように呟きました。私は、以前患者さん達を慰めたように「何かをすることだけがいいのではなくて、何も治療をしないことでも、体力は維持出来るし、病気と共存出来るのよ」と、励ましました。夫は本当に納得したのか、仕方ないとあきらめたのかは分かりませんが「それもそうだな」と表情を変えずに言いました。多分あきらめたのでしょう。

悪いことは重なるもので、次の日、夫が二〇数年診てきた女性患者Mさんが急死したのです。自宅のベッドに寄りかかったまま亡くなっているのを、ヘルパーさんが発見したと、平塚のクリニックから連絡がありました。長い交流で時折自宅にも相談の電話をかけてきて、私も親しくしていた患者さんでした。

八日前に、外来でお喋りをしたばかりだったので、夫も「まさかこんなに急に亡くなるとは思わなかった」と、ずい分気落ちした様子でした。

二人でMさんの思い出話をしながら、私は気にかかっていたことを口にしました。

平塚のクリニックは、院長先生が小児科専門で、内科は診ません。夫が辞めれば、内科は閉じると先生から伺っていました。いつ夫の病状が急変するか分からない状況なので、院長先生と患者さんたちにかける迷惑を最小限にするためには、前もって全員分の他院への紹介状を用意しなければいけないと、私は考えていました。それはまた、医師としての責任でもあります。

夫の体調を考慮すると一回の外来で書ける紹介状は、せいぜい三、四人。それは診療の後半、別室で休む時間を充てるからです。四カ月くらいかかるとして、いつ頃から書き始めれば良いのか、私は思案していました。夫の気に障る内容なので、なかなか切り出せません。いつ話そうか……その時が見つかりませんでした。悪いことが続くなか、この先は、もっと思いがけない事態になるかもしれないし……。

普通の妻であれば夫の生命の限界をつきつけるような言葉は言わないでしょう。でも私は違うのです。曲がりなりにも医師です。少しでも希望を見つけて生きたいと思っている夫の気持ちはやるせないほど分かっています。でも一方でやり残しの仕事が多ければ多いほど平塚の先生や患者さん達を困らせることも十分分かります。「だから癌で働くのは無理なんだよ」と言われるような終わり方をさせたくないと思っていました。

夫の生命の行く末を冷静に見極めようとする自分と、そのようなことを考えてはいけないと咎める自分が混在していたのです。

旧友との別れ

医師として、何度も患者さんの仕事の引き際を相談されてきましたから、夫が先に言い出したら話し合おうと、待っていました。でもその機会はなかなかありませんでした。

でもその夜は、しんみりしながらも平塚のクリニックのことに話が及んだので、「今だ」と、思ったのです。

紹介状のことを話し出すと、彼は明らかに不機嫌になりました。「今は自分の生命を、二、三カ月単位でしか考えていないけど、全然その実感がない」と、何ともいえない哀しそうな表情に変わりました。私は慌てて、「こんな辛い話をして、ごめんなさい」と謝りました。

タイミングが悪かったと、後悔したのですが、病状が悪くなってからでは、間に合わないのは事実です。本当は言いたくないことも、言わなければならないことに、やりきれなさを感じました。

具体的な話まで進みませんでしたが、夫は強い口調で「書くよ」とだけ言いました。私が言わせた言葉でした。それでもありがたいことに、ズルズルと気まずい状態が続かないほど、予定が詰まっていました。

数日後は、東京の病院の有志が遅い新年会と称して、私達夫婦を招いてくださったり、大学卒業後初めて、仲良し四人組でＹさんが住む沖縄で再会することになったりで、辛さを忘れる日もありました。沖縄出身のＹさんも悪性リンパ腫で治療中でしたから、私達が沖縄に出向くことにしたのです。

私達四人（男性二人と私達）は、大学六年間を通しての友でした。出会いは大学一年の秋の学園祭の折、四人がゼッケン作りのグループに割りあてられたことがきっかけでした。

男性三人は針など持ったことがないらしく、ほとんどは私が苦手な針でチクチクと縫いました。三人が話ばかりしているため作業がはかどらず、結局暗くなってから下宿に帰るようになりました。

外灯もない山のほうの下宿に向かって歩いていると、玉地さん（夫）が後ろからついてくる気配がしました。

「下宿はこっちのほうですか？」

「いえ、もう通り過ぎました。学校の近くの弁護士さんの家」

「じゃあどこに行くのですか？」

「暗くてあぶないから送っていこうと思って、下宿に寄らないできたんだけど。まだ遠いの？」

「山のほう、結構遠いんです」

そんなことが何回かあり、お互いの出身校や好きな本の話などをするようになりました。学園祭が終わった後も四人の交流は続き、Nさんや玉地さんの下宿に集まっては議論したり、たまには勉強したり。

お天気がいいと授業を抜け出して四人で公園に出かけたりして結構悪いことをしていました。その四人の中で徐々に玉地さんと私が親しくなっていったのです。

四人揃うのは、実に四〇数年ぶりでしたが、すぐ学生時代に戻ってお互いに呼び捨てで語り合い、懐かしい、温かい二日間を過ごしました。失いたくない思い出になりました。

他の二人も「タマチ」がお別れに来たことを知ってはいましたが、しめっぽくならずに学校時代と同じような、過ごし方をしました。でも飛行場まで見送りに来てくれたYさんは、私にそっと「タマチは、まだ病気を受け入れてないみたいだね。サヨナラって言わないほうがいいね」と、気遣ってくれました。

彼は別れる時、右手を肩のあたりまで上げて「じゃあね」と軽い別れの挨拶を送ってくれましたが、私は、涙があふれそうでした。夫がどのような別れ方をしたのか、顔を見ることはしませんでした。

病はさまざまな哀しみを伴ってくる

二月、沖縄から戻った翌日のＣＴ検査で、肝内胆道閉塞が分かりました。肝機能も前回より、さらに悪化していました。

その夜、初めて夫のほうから「結果が分かったので、少しずつ片付けるようにしたい」、つまり身辺整理を始めると言い出したのです。

スキルス胃癌と知ってどん底に落ち、逆転ホームランで生きることに再び希望を持ったら再発。その後ずっと下り坂。平坦な所にとどまっている時が少ないので、心を立て直すのも困難だったと思います。それでも仕事を続け、患者さんに笑顔を見せ、雑談までして、よくぞここまで頑張っていると思っていただけに、夫の覚悟の言葉に思わず涙がこぼれました。

夫の希望で、まず今までお世話になってきた会計士さんに挨拶に行き、死後のさまざまな手続きをお願いしました。それまでは、会計士さんとは電話でやりとりをしていましたので、初対面がお別れの挨拶でもありました。

その数日後のエコー検査の結果、がんセンターに即入院してＰＴＣＤ（経皮経管胆道ドレナージ）を行いました。入院中、長男家族がお見舞いに来てくれましたが、子どもは病棟に入れません。ロビーで話した後、退屈そうにしている孫達を見て、夫は、「ありがとう。もういいからみんなで食事に行ったら」と早めに切り上げました。

病院の入り口に立った夫は一人で手を振り、こちらは六人で手を振って別れました。私が振り返ると、夫はいつまでも私達を見送っているのです。

昔から夫は小さい子どもが好きでした。学生時代も下宿の二人の子どもさんを可愛がっていたのです。ましてや自分の孫達はどんなこともいとわずよく面倒をみていました。おそらく一番の生き甲斐だったかもしれません。

病のために一緒に走り回れず、ゲームも出来ず、こうして孫の後ろ姿を見ている気持ちはどんなものだったでしょうか。病気というのは、それ自体の辛さだけでなくさまざまな哀しみも伴ってくるのです。本当に切ないものです。

私達は駅近くの、お客が一人もいない食堂に入りました。私が「ここにおじいちゃんがいないのは、寂しいわね」と、孫たちに言った時、九歳になったばかりの長男・ゆづきが「おばあちゃん、おじいちゃんのほうが寂しいんじゃないの。だってここに来られないんだから」と、指摘されてハッと気づきました。いつも自分の立場で、哀しい、寂しい、辛いと言っているけれど、夫はもっと哀しいし、辛いのだと九歳の孫の感性に教えられました。

ゆづきは、初孫で、夫はそれこそ目に入れても痛くないほどの可愛がりようでしたから、こういう孫の成長を見届けられないのは、私との別れより辛いことかもしれない。このとき初めてそのことに気がつきました。

胆汁を出すドレナージをしてから六日目、ステントという管の内瘻化《ないろうか》の処置を受けたのですが、処置後から非常に痛がり出し、何種類もの鎮痛剤を使っても軽減しないので、私は後髪を引かれながら夜遅く帰宅しました。

痛いことが大嫌いな夫は、今夜どうなるのだろうか……。

翌朝、「昨日、深夜まで痛み強く、オピアト、ボルタレン座薬、アダP（少し眠れたそう）、ロキソニン＋アモバンで朝まで就眠。右季助部痛強し」と、メールで知らせてきましたが、誤字もあり薬のせいで朦朧としているのが読み取れました。結局その痛みが数日続いたため、食事が摂れずげっそりしてしまい、退院の日は、がんセンターから東京の職場まで、私の運転で直行。途中で休みたいとは言いませんでした。

あまりにもやつれた姿に、車の中で何度も「仕事を辞めたほうが……」と、言いたくなりましたが、夫の意思を待たなければと我慢しました。夫の仕事が終わるまで、私は病院のある駅前通りをブラブラしながら待つことにしました。駅近くのパン屋さんに行って、夫が好きそうなパンを選び、診察室の隅や車の中で本を読むなどして時間を潰すのですが、字面だけ追っていて、内容は何も分かりません。

私の心に「何が哀しい？」と訊けば、「すべて」と答えます。

帰りの車の中で、夫はぐったりとしたままでした。リクライニングシートにして眠っている顔は、呼吸しているかしらと不安になるほどで、もう限界ではないかと、私のほうがいたたまれない気持ちに追いこまれてしまいました。

どう気分転換をするか

翌日もまた平塚で仕事でした。どう考えても今日は無理だと思い「私一人で行こうか」と、口まで出かかるのですが、ここでも我慢。

患者さんと向き合うと、穏やかで、いつもと変わらないやり取りに、数日間痛みで苦しんでいた人には見えない気高さのようなものがあり、この仕事は夫の天職だと実感しました。ところが自宅に帰ると元気がなく、食欲もなく、虚ろな表情になってしまうのです。

食欲不振というのは、かなり心理的な影響があります。夫もレストランや孫達と一緒の時は、美味しそうに食べるのですが、私と二人だけではどうも食が進みません。いくつもの小皿に、少しずつ盛っても、彩《いろどり》をきれいにしても効果はありません。

そこでがんセンターからの帰りに、東名高速道路の海老名サービスエリアに寄って昼食を摂ることにしました。すると夫は海老と帆立と鮭のフライとご飯、みそ汁を完食し、私の天丼の大きな海老も一尾食べたのです。「胃のない人が胃がある人より多く食べるって⁉」と、不思議な思いで、私は見ていました。

自分でもたくさん食べられて満足したのでしょうか。その夜は温厚な夫になって、こんな話も聞かせてくれました。

「病室（がん研有明病院）から首都高速の車の流れを見ていると、まるで別世界と思った。今までも長男の家に行く時に、何度も通った道なのに、病人になると、こんな風に感じるようになるんだね」と。そして、数日前「気分転換にのんびり萩と津和野でも歩かない？」と、私が誘ったことに対し「旅行に行きたいという強い思いはないな。今までとは違う感じで、楽しめないような気がする。でも行けば、それなりに気分転換にはなるかもしれないけど……」と、旅行には消極的でしたが、でも私の誘いに気遣った物言いでした。

何を見ても全部が哀しくて

卵巣癌のＳさん（五二歳）が秋色の広がった公園のベンチで、寂しそうに俯《うつむ》いていた姿を思い出します。

彼女は色白ですらっとした人で、豊かな長い黒髪と長い睫《まつげ》から、少し年を取ったかぐや姫を連想させる素敵な女性でした。

軽い認知症が始まっている八〇代のお母さんと、四階建の古い団地に二人で暮らしていました。エレベーターがなく、狭くて急な階段で彼女が住む三階に行く時は私でもハアハアします。腹水がたまっているＳさんには、昇り降りがきつかったのでしょう。買物や用事はヘルパーさんに任せていたので、ほとんど外出はしていなかったと思います。

時折窓のガラス越しに外を見ているＳさんに声をかけました。

「今日は秋晴れなので、良かったら私がお手伝いしますからドライブでもしてみませんか」

「えっ、ホントですか」

「階段が大変ですけど、ゆっくり降りれば大丈夫じゃありませんか」

「全然外に出ないから、筋力が落ちちゃったけど大丈夫かな……」

「途中まで降りてみて、駄目そうなら止めましょう」

「そうですね。今、着替えてきますね」と、かぐや姫は初めての笑顔を見せて、別の部屋に消えました。お腹回りのゆったりしたスカートで現れたSさんは、少し照れたように笑っていました。

私が先に下へ数段降りながらSさんの動きに気を配っていると、いつもは口数が少ない彼女の声が後ろから聞こえてきます。

「一段一段ゆっくり降りれば、下まで行けそうです」

「慌てないでいいですよ」

「外はもう紅葉が綺麗なのでしょう」

「綺麗ですよ。私の家のほうの街路樹が今、見ごろなので行ってみますか?」

「そうですね。ありがとうございます。私、旅行が好きだったんです。でもこんな病気になって旅行なんか行きたいと思わなくなっちゃいました。そもそも無理ですね」

「私は二四時間態勢の仕事を始めてから、遠出は出来ないんですよ」

こんな会話をしながら降りていると、もう下に着きました。彼女は嬉しかったのか、緊張が緩んだせいかまた笑顔になって、私の車の助手席に乗りました。建物の外に出た時に一度「ああ、外の空気は気持ちいい！」と言った後、車中では黙って外を見ています。

「気分悪くないですか？」

「ハイ。大丈夫です」

「………」

階段を降りている時は、あんなに喋っていたのに……と、気にかかりましたが、私も話しかけずに少し様子をうかがっていました。

「ここが、私の家の近くの街路樹です」

「先生は自然がいっぱいの所に住んでいるんですね」

「そうですよ。猿や鹿も一緒です」

「そうですか……」

紅色と黄色の美しい紅葉が目に入っているのかどうか……私はＳさんが家を出

る時とあまりにも感じが違うので、やはり気になっていました。

「今日は暖かいから、そこの公園でひと休みしますか?」

「ハイ」

公園のベンチに隣同士に座りました。Sさんは秋色の樹々を見上げるでもなく、斜め下に視線を落としているのです。

紅葉に感動する前に、久しぶりの外界に気圧されてしまったのかもしれないと思いながらも、直接は訊かずに、

「紅葉は何となくSさんを寂しくさせてしまいましたか……」

「紅葉は綺麗ですけど……私はもうそんなに長く生きられないと思うと……何だか全部が哀しくて……」

数十分前の声より弱く、低く聞こえました。

「そろそろお家に戻りましょうか」

Sさんは小さな声で「すみません」と言って車に乗りました。

音楽には魂、そして力がある

肺癌のK氏が言ったように、越えられない溝のこちら側に立たされた患者、あるいは家族は、今まで見慣れた光景ですら、「別世界」と感じるようになり、幸せの内容も変わってくるのだと、夫の話がしみじみと伝わってきました。

次の日の朝、夫は「萩に行ってみようか」と明るい口調で言ったのです。その頃、長男はアメリカに行っていた数年分を埋め合わせようとしていたのか、忙しい合間に、時々一家で我が家に来ていました。夫は「疲れるな」と、口では言いながらも、楽しみに待っていることは一目瞭然でした。

孫達の目にも以前のおじいちゃんとおばあちゃんとは違って見えていたのでしょうか。六歳のさきほとこんな会話もありました。

「おばあちゃんは、さきちゃんが大きくなるのを楽しみにしているの」

「だけど、さきちゃんが大人になる時、おばあちゃんは死んでいないの。さきちゃんの子どもが大人になる時、さきちゃんも死んでいないの。だけど、そしてさきちゃんは、おばあちゃんに会えるのね」

「じゃあ、さきちゃんが死んだら、おばあちゃんを探してくれるの？」

「いいよ。あとで会えるからね」

たぶん、息子夫婦の深刻な会話を耳にして、六歳の子は六歳なりに「死」を考えているのではないか。そして今、わが家で起こっていることは、孫達にも何か大切なものを教えているのだと気がつきました。

それから数日後、テレビで四時間スペシャルの歌番組がありました。夫は歌が好きで、とはいっても滅多に歌声を聞くことはありませんでしたが、上機嫌な時は観葉植物に水をやりながら、石原裕次郎さんの歌を口ずさんだり、口笛を吹いたりしていました。

その夜、夫は炬燵《こたつ》に入ってテレビを一心不乱に観ていました。演歌が好きではない私は用事をしながら台所と居間を往き来していました。

二葉百合子さんが「岸壁の母」を歌うとティッシュを取って鼻をかみ、秋川雅史さんの「千の風になって」や谷村新司さんの「いい日旅立ち」「陽はまた昇る」「昴」では泣いていました。私ももらい泣きしました。

私は、さだまさしさんの「無縁坂」「秋桜」「防人の詩」、谷村新司さんの「陽はまた昇る」「群青」などが特に好きで、車のなかのテープで何百回聞いたか分かりません。その何分の一かは、夫も聞いていたはずなので、歌詞やメロディーの素晴らしさもさることながら、私達がもっと若く、幸せだった頃を思い出していたのではないでしょうか。

歌といえば、私は夫の再発を知った後、ある日車に乗ると突然「耳をすましてごらん　あれははるかな海のとどろき　ララーラララー・ラララーララー……ひとりではないから」と歌い出していました。歌ったというより自然に口から出てきたのです。

歌詞は途切れ、途切れでしたが、メロディーだけはしっかりハミング出来ました。これは本田路津子さんの歌だとは分かりましたが、本田さんの顔も、私がいつこの歌を聞き心に留めたのかは全く思い出せず、しかも歌った記憶すらありません。

でも車に乗ると自分の意思に関係なく、いつの間にか「生きるの強く、ひとりではないから」と口ずさみ、そして泣いているのでした。これは歌うというより、歌わされているという不思議な感覚でした。

別のある日には、車に乗って「今日は歌わない」と決め、自分に意地悪をしましたが、やはりいつの間にか歌っていることに気づき、心がざわつき始めました。不思議……とても不思議な感覚でした。

これは、私の神様が、いつもあなたを見守っていますよと気づかせるために、送ってくれている歌なのだと、私は確信したのです。

音楽には魂があり、力があるのですが、元気な時にはそれが伝わらなくても哀しい時、寂しい時に聴くとジワジワと心に染み入ってきます。夫は居眠りもせず、懐かしい歌にじっと聞き入っていました。

幸福をみうしのうたひとよ
うたえ　ひくいこえで
むかしのうた
少年の日のそのうたを

あなたのこころが

くらければくらいだけ
そのふるいうたによびさまさるる
ねむったままにわすれられていた
ほんとうの幸福は
やわらかく　かがやかしく
そしてしずかに咲くでしょうよ

八木重吉詩稿『花と空と祈り』

●旅に出られた幸せのあとで

桜が見頃を迎えた三月末に、三泊四日で萩と津和野に出かけました。萩では一日タクシーを頼み、松下村塾、松陰神社をはじめ、幕末に活躍した高杉晋作や伊藤博文の旧宅、町の中をゆっくり案内してもらいました。

翌日は、津和野に向かい二日間、二人でぶらぶら歩き廻りました。太鼓谷稲成《たいこだにいなり》神社や津和野城跡の坂道を、息切れもせずに上って「まだ結構余力はあるな」と、夫は満足気でした。自分が思っていたより順調に動けて、達成感もあったのでしょう。

萩でも津和野でも、宿の食事は八割くらい食べられたでしょうか。日本の旅館の食事の量は多過ぎて、元気な時でも残すことがありましたから心配はしませんでした。

この三泊四日の旅は、単なる観光ではなく、夫に自信を持たせる有意義な旅行になりました。これで気力も体力もまだ大丈夫と安心した夫でしたが、四月に入ると時々お腹の不快感を訴えることがありました。でも旅行で、思っていたより体調が良かったので、本人はあまり気にしているようには見えませんでした。

それで四月には、東京に住む夫の叔父と三人で、箱根に出かけました。夕食は手術後初となるやや小ぶりでしたが、牛ステーキを三枚も食べて叔父を驚かせました。

また一歩前進したと喜んだのは数日で、私は夫の両方の下腿に浮腫があるのに気づいてしまったのです。本人はよく食べるので最近体重が増えたと喜んでいましたから、しばらく様子を見ようと黙っていましたが、悪い予感がしました。そのうち、本人が陰部に浮腫があると言い出したのです。

「血液検査してみる？」

「別にいいよ」と、焦った様子もなく、悪いことを知っても、どうしようもないと思うのか、知りたくないのか、拒否しました。

イリノテカンが中止になってからは、がんセンターには一カ月に一回、血液検査と経過観察に行くだけです。その間に異変があればいつでも私のクリニックで血液検査が出来たのですが、夫はそれを望みませんでした。次のがんセンター受診まで三週間。結局、とりあえず利尿剤で様子を見ることにしたのです。

五月の連休には長男一家に次男も加わって、いつもは音の少ないわが家が、賑やかになりました。孫の姿を見ると夫は嬉しそうではありましたが、一緒に遊ぶ活力はなく、疲れの色は隠せませんでした。

私の不安な気持ちを読んでいたのか、ゆづきが帰りにそっと、「おばあちゃんは、いつも一人だね。だけど僕達一カ月に一回は来るからね」と言って、私を慰めてくれました。私は一人とはどういう意味かな？　と思いましたが、孫達はいつものように、喧嘩《けんか》をしながら車に乗り込みました。その車を私達二人で見送りました。

●故郷北海道へ最後の旅

萩から帰った後、思ったより元気だったので、連休の後は夫の故郷、北海道に行く計画を立てていました。二人共、言葉にはしませんでしたが、母、兄そして札幌での新婚当時、親代わりとしていろいろ面倒を見てくれた叔母達とのお別れの旅でした。

深川では、夫の母と三人でお寿司屋に入り、わずかの握り寿司をつまんだ後、父親のお墓参りをするため、夫が高校まで過ごした町中を車でゆっくり走りました。

子どもの頃遊んだ辺り、懐かしい学び舎、そして通った道……夫は一言も言葉を発せず黙って外を見続けていました。母が後ろの席から何か話しかけても、夫は黙ったままでした。

九三歳になる母には、息子が胃癌であることを、夫も知らせ、兄からも聞いていたはずですが、手術をして治ると思っていたようです。二年前に会った時とまるで違って、十数キロもやせて、小さくなってしまった息子の姿に、最初は相当驚いた様子で「ちゃんと食事は出来ているの？」「大丈夫なの？」と、心配そうに訊いていました。

何かを察したのか、別れる時には夫の手を両手で包み「元気でね、またね」と、弱々しく、かすれた声で言いました。私は胸のあたりが苦しくなり、二人の姿を見ていることが出来ず、先に車に入りました。

母と息子はどんな気持ちで手と手を放したのだろうと、いたたまれない思いで、車を静かに発進させました。母が私達を見送っている姿がミラーに見え、しだいに遠ざかりました。

お別れの旅はさすがに体調も悪そうで、兄との食事でも蟹雑炊をやっとお茶碗に八分目くらい食べた程度でした。若い頃、時には二人でじゃれながら、またある時は赤ん坊の長男を抱いて、何度も行ったすすきのでしたが、到底懐かしい気分にはなれませんでした。

北海道の旅は、私達二人にとっても最後の旅になると、分かっていました。こうして同じ飛行機に乗ることも、隣の座席に座ることも今回でお仕舞い……哀しくて、また涙がこみあげてきそうになりましたが、ゆづきの声が聞こえてきました。

「おじいちゃんは、もっと哀しいんじゃない？　おじいちゃんのお母さんとも会えなくなっちゃうんだから。そして北海道にも行けなくなっちゃうんだよ」

考えてみれば夫は、親族、故郷、思い出に別れを告げてきたのですから、その苦しさは計り知れないものだったでしょう。

●診断は水腎症

北海道から戻った後、両方の下腿の浮腫はひどくなり、指で押すと数ミリもへこんだままで靴が履きにくくなったようでした。私は毎日二回のマッサージを日課に入れました。見るからに重だるそうな下肢でしたが、夫は東京、平塚そして私のクリニックでの仕事は続けていました。

浮腫に加えて、時々腹痛を訴えるようになったため、私は早目に麻薬系の鎮痛剤に切り替えることにしました。長年、私の仕事を見てきた夫は、麻薬に対する偏見がなく、すんなり受け入れ、東京の病院に行く時は、頓服のオキノーム（即効性の麻薬）を自分で忘れずに用意していました。

がんセンターでの血液検査の結果が予想以上に悪く，五日後にＣＴ検査が決まりました。その前に孫の運動会に招かれていて，私は行ったほうがいいのか，止めたほうがいいのか，夫の意向を確かめました。「せっかくだから，行くか」と，沈みがちな心を奮い立たせるような返事でした。

その日は春なのに日差しが暑く，嫁が案内してくれた敬老席のテントの下で，パイプ椅子に座って三人の孫が出るレースや遊戯を，最後まで見ていました。

「疲れない？」

「大丈夫」

「脚，だるくない？」

「大丈夫」

自発的に喋ることもなく，手を叩くこともないので，楽しめていないのかと心配でしたが，息子夫婦や孫達のためにも夫の顔色を気遣うのは止めました。夜は，いつも行く豆腐料理のお店，「梅の花」で夕食。ここでも不思議によく食べたのです。

北海道での調子の悪さは「別れの旅」という心理的な影響もあったのかなと、思ったのですが……。

そして、CT検査の結果は……。

腹腔内に広がった腫瘍が、両側の尿管を圧迫して左右共に水腎症と診断されました。その対応を検討するために泌尿器科に回されました。

先生は「尿路変更は出来ません。腎ろうは寝づらいし、余命を考えると勧められませんね」と言った後、「いずれ腎不全になるので、意識が混濁するから苦しくないですよ」と、つけ加えました。

●「余命」という残酷な言葉

私は夫の病がスキルス胃癌で肝臓にも転移していることを知った時から、いつか、あまり長くない将来にお別れがあるだろうと、覚悟はしていました。一つまた一つ悪い結果を聞かされるたびに、「その時」が、容赦もなく近づいていると感じていました。

でも、「余命を考えると……」という説明に、突然通りすがりに刃物で切られたような痛みを感じました。横に座っていた夫の表情を見ることは出来ませんでしたが「意識が混濁するから苦しくないです」という説明は、今、たった今、どんなに苦しみを与えた言葉かと、診察室を出るとすぐ夫の手を取りました。冷たい手でした。

T先生と話し合い「これからは、私が在宅で診ていきます。また何かありましたらご相談させてください」と、伝えました。

仕事上、神奈川のがんセンターには数えきれないほど来ましたが、患者家族になってから約一年、それと同じくらいは通ったでしょう。でも、もうこの建物に入ることはないだろうと、振り返らずに夫の手を握ったまま、車のほうに歩いて行きました。

車を走らせながら、

「どういう風に折り合いをつけるの？」と、夫の方は向かずに訊きました。

「半分は自分の責任だから……」

私は、適切な言葉が見つからず、そうかといって黙って運転するのが辛くなって、「がんセンターの先生達は、最近余命を短く言うの。長くて一カ月とか言われた患者さんが、半年も元気だったとか、三カ月と言われた人が二年以上とか……ほら、憶えているでしょう。肺癌のYさんや乳癌のYさんのこと」

余命を告げられて心が萎えない人などいないでしょう。それが短ければ短いほどそのショックは大きく、家族や医師でも支えきれなくなってしまう場合もあります。

「うん」

「先生達は、画像と血液検査のデータだけで判断するの。人間の不思議な力っていうものを信じないの。科学が一番だと思っている。でも先生だって、患者になって同じようなことを言われたらきっとオロオロするはずよ」

私はやりきれない気持ちを、車のフロントガラスに向けてぶつけました。夫も私の患者さん達のことを思い出したのか「そうだね」と、相槌を打ちましたが、そう簡単に心のギア・チェンジは出来なかったと思います。

第3章　病気は人を変える

●モルヒネが効かない

「余命三カ月」に翻弄されたSさん、三七歳。病名は直腸癌、腰椎転移。長引く腰と脚の痛みのために市立病院を受診し、検査の結果は前述の診断で手術不適応と説明されました。

「あとどのくらいですか？」と尋ねると、

「大体三カ月」

それから三カ月後、彼は激しい痛みで苦しみ、病院の担当医では痛みのコントロールが出来ず、ホスピスに入院。ところがそこでも痛みは緩和されず、どんどんモルヒネが増え続けて幻覚と妄想が現れ、夢遊病者のようになってしまったそうです。歩いて入院したのに数日後には歩けなくなり、主治医から「もう自力歩行は出来ません」と言われて奥さんは不安になり退院を願い出ました。

ホスピスの先生からモルヒネが効かない患者さんということで、私のほうに依頼されたのです。

紹介状を読んで、まずこの痛みは麻薬だけではコントロール出来ないだろうと思いました。激しい痛みの原因が、本来の癌の痛みだけでなく生命の飢餓感、いわゆるスピリチュアル・ペイン（霊的痛み）もあると判断したのです。

　初対面はタバコの煙モワモワで、空気に臭いと色がついている部屋でした。かすんだ中にうつろな表情の彼が座っています。パジャマ、座布団、彼の周りにある色々な物にタバコの火で焼け焦げた穴がいっぱい。

「どこが痛みますか？」と訊くと、回らない呂律《ろれつ》で、

「腰……いや脇腹かな……どこか分からない」と無表情で投げやりに答えます。

　多分この状態では無理だとは思ったのですが、私は彼になるべく分かりやすくスピリチュアル・ペインの説明をしました。

　でも彼は聞こうとしません。そして、

「ホスピスの女医さんは優しかった。『痛みは我慢しなくていいですよ』って、すぐにモルヒネを増やしてくれたのに……」と私への反発を露《あらわ》にしました。

「Sさん、モルヒネが増えて痛みは和らぎましたか？　少しは気持ちが落ち着きましたか？」

「………」

彼は無言です。

私は彼に痛みの原因をある程度理解してもらった上で、モルヒネを減らし抗不安薬を加えたいと考えましたが、かなり手間取りそうな悪い予感がしました。

数日後、Sさんのお姉さんから貴重な情報を得ました。彼はプロのギャンブラーだったのです。麻雀、ビリヤード、パチンコなどが生業《なりわい》で、ビリヤードの世界では結構名を知られていたとか。

彼らしい生き方……これがペイン・コントロール（痛みのコントロール）の手がかりになるような気がしました。
二、三日は私を無視していた彼が、私に警戒心を持ちながらも「モルヒネを減らして先生が言う抗不安薬っていうのを使ってみてもいいよ」と歩み寄ってくれました。
「オレも本当はモルヒネが効かないって分かっているんだけどね。実際痛くなると『どうでもいいから何とかしてー』っていう感じになっちゃうの」

「そうですよね。痛み出したら自分の痛みの分析なんかしていられないでしょう」

「市立病院の先生の予想では、オレはもうこの世にいない人間なんだよね。死ぬ覚悟をさせられて……まだ生きているわけだから……痛くて何も出来ない……こうやっていつまで生きてくの？」

心の迷い子

彼の心は身体以上にボロボロになっていたのです。抗不安薬を加える一方でモルヒネを徐々に減量すると、彼の意識ははっきりして話し方もしっかりしてきました。そして少しずつ私にも心を開いて、ある日、

「先生、人は死ぬとどうなるの？　どこに行くの？」と辛そうな表情で訊きます。彼の奥さんは彼が私と話したそうな雰囲気になると、話しやすいようにと、気遣ってか部屋を出ました。

「Sさん、私は宗教家ではないから、『人は亡くなったら天国とかお浄土に行くのです』と自信を持って言えないのです。私の知り合いの牧師さんとお話をしてみますか」

「いや、オレは説教が嫌いなの」

「私が言えることは、Sさんがこれからの生命を何か大きなものに委ねられるといいかなって。先生に言われた余命に縛られずに、自然の流れに任せるとか……言葉で言うほど簡単にはいかないでしょうが、私が診てきた患者さん達は、みなさん病院の先生に言われた期間より長く生きられましたよ。私が見たところSさんはあと二、三カ月という状態ではないと思います」

「そうなんだ……」

またある時は、

「今までギラギラ生きてきたのに、これから釣りだ、散歩だっていう気持ちには切り替えられない。三〇代の男なら誰でもこんな気持ちになるんじゃないかな……。余命三カ月って言われて夢中で仕事やお金（保険？）の整理をしたの。女房や子どもの生活は何とかなるなってほっとしたんだけど……それが終わって何か好きなことでもしたらって周りから言われても、でもすることがなくて……」

「心が迷い子になっているんですね」

「そう。まさに迷い子。どこに行ったらいいか分からない」

「行く所がまだ見つからなくてもいいんですよ」

「ホント？　先生、オレそんなでいいの？」

「そんなに自分に厳しくなくても、もう少し彷徨《さまよ》っていたら、そのうち何か見えてくるかもしれないでしょう」

「先生ありがとう。オレよりずっと重い患者だっているだろうに、いつもこんなに長い時間を取らせて申し訳ないと思ってる」

「大丈夫です。私は必要な人に必要なだけ時間を取っていますから」

「先生、分かったんだけど、オレ痛みにこだわり過ぎていたように思う。何て言うか……癌の痛みの本を読んで、そう思っちゃったの。全部が病人でいる必要はないんだよね……」と泣きながら話し、心のなかを洗いざらい語った後は笑顔になりました。

　この時、私はさり気なく彼に麻雀を勧めましたが「オレは趣味で麻雀はしない」と、きっぱり断られました。彼にとって麻雀は遊びではなく真剣勝負の世界だったのですから。

●好きな麻雀が生きる意欲を呼ぶ

でも私の唐突な提案に一瞬驚いて断りはしたものの、彼の気持ちが揺らいでいる様子が見て取れました。脚が痛くて歩けないはずの彼が友達のアパートに出かけて、麻雀を始めたと奥さんがそっと教えてくれたのです。そして彼は明るくなりました。あの初対面のうつろな表情とは全く別人のようです。

でも彼は悩んでいたのです。

「先生、オレ麻雀ばかりしていていいの?」

「どういう意味?」

「たとえば生命とか死とか考えなくていいの?」

「じゃあ考えてみますか?」

「小心者で卑怯かもしれないけど、死ぬことを考えると今すぐどこかから飛び降りて死んでしまいたい気持ちになっちゃうの。じっと家で死ぬのを待つのはオレには出来ない」

「それなら好きな麻雀をしたらいいじゃないですか」

余命三カ月と言われてから八カ月が過ぎ、両下肢《かし》の浮腫がいっそう目立ち、痛みも頻回に訴えては自分で勝手にモルヒネを増やしたりもしていたそうですが、以前のように自分を失くしてしまうことはありませんでした。

Sさんと大分心が通い合ってから、私は気になっていたことを尋ねました。

「どうして先生に『あとどのくらい』なんて訊いたのですか？　余命を知れば苦しむかもしれないって思わなかったのですか？」

「まさか三カ月なんて考えないでしょう、だって普通に歩いて食べていたんですから。あと何年くらいかなって……まだ子どもが二歳だし、オレが死んだらあとの生活はどうなるかって考えたわけよ。

三カ月って言われて冷静に受け容れる人なんかいないよ。絶対いない」と胸の内を明かしてくれました。私も彼の言う通りだと思いました。

私達が出会って半年以上経ったある日、Sさんは目を閉じたまま、

「先生ありがとう。先生が麻雀を勧めてくれなかったら、オレ麻雀なんか出来なかった。余命を知った時から死のことばかり考えていたの。麻雀が出来るなんて考えてもみなかった。だけど麻雀をしていると死ぬことを忘れられて楽しい

……無理だとは思うけど麻雀やりながら死ねたら一番いい……もうオレそんなに長くないような気がする。先生見捨てないでね」

彼の声は震え、閉じた目から涙が伝わってきました。一二月一八日の麻雀を最後に、もう牌を持つ気力はなくなりました。そして年が明けて一月一二日、静かに息を引き取りました。数えてみれば「余命三カ月」に怯えながらも一一カ月を彼らしく生きたのです。

わが　怒《いかり》
ちさく　せつなく
白い雲の　そのかげに　ふるえる

八木重吉詩稿『花と空と祈り』

食べ物のことを考えるのもいや

患者さんが「何も食べたくない」と言い出すと、家族は困ってしまいます。

「このままでは死んでしまう」「何とかして食べさせないと……」

この頃になると家族にはかなり疲れが溜まっているのですが、頑張ってアレコレ工夫して患者さんが食べられそうなものを作ります。でも患者さんは「食べたくない」と拒否します。そのうち私に「『食べて、食べて』と言われるのが一番辛い」と小声で直訴する人もいました。

食べたくない患者さんと、何とか食べさせたいと思う家族の気持ち両方が、私は分かります。そのような時家族に話してあげる物語として、私はＨさん夫妻を思い出します。

Ｈさんは四九歳の男性。肺癌が脳と仙骨・腸骨に転移していました。がんセンターの先生の紹介状には余命二〜四カ月と書いてありましたが、彼は知らなかったようです。

初めての訪問で奇妙な光景を見ました。彼はすでにモルヒネを服用していたのですが、とにかく寝ても座ってもいられない痛みが左臀部にあるといって、常に身体を右側に傾けていたのです。彼と向き合って話す私も、気がつくと左に傾いていました。多分そうして彼の顔を真正面から見ていたのでしょう。

モルヒネを増量しても、なかなか痛みが緩和出来ません。仙骨に転移している場合はしばしば強い痛みを訴えます。それでもHさんは腹這いになって、汗を拭きながら絵手紙を描いていました。

性格がおおらかなのか、多少脳転移の影響もあるのか、私に「どうしてこんなに痛いの?」と尋ねもせず、「これからどうなるの?」と不安を口にすることもしません。そんなある日突然右側のオシリに電撃痛が走ったと顔を歪めました。

「今まで左側のオシリでしたよね」

「いや、右ですよ右。左側は痛くないですよ」

「?」

私はクリニックに戻ってから彼のカルテをチェックしました。確かに痛みは左側の臀部です。その後本当の痛みの部位がどこなのか、本人も分からなくなって幸いにも激痛は薄らぎました。痛みは右だ、いや左だと変わりましたが、身体がいつも右に傾いていたのはやはり左臀部が痛かったのか、それとも癖になってしまったのでしょうか。

訪問診療を始めて二カ月半が過ぎた頃、極端に食欲が落ちヨーグルトやプリンを一口、二口食べると「もういらない」。私がツナパンを持っていくと、一口食べて「生臭い！」と顔をしかめます。「Hさん、他に何か食べたいものはありますか」と訊くと、「食べ物を考えるだけでもイヤ」と言われてしまいました。

お水もホンの少量で、飲むというより口に含むといったほうがいいかもしれません。こういう状況で、ホスピスの栄養士さん（当時は介護休暇中）だった奥さんは、

「寝たきりの状態で、一日でも長生きして欲しいとは思っていません。本人も辛いと思う。Hちゃんにとって、ちょっとでもいやなこと、負担になることはしたくないんです」と、食べ物を用意したり、見せたりはせず、そのままの自然死を望みました。そして私もHさんのあるだけの生命を見守ることにしたのです。

食べ物を一切《いっさい》摂らなくなり、水や氷を舐めるだけになってひと月。尿は三日に二回程度で排便はなし。

スポーツ万能だったという彼の身体の脂肪は、生命を保持するエネルギーになり、腕や脚は細く細く……お腹はまるで洗面器のようにへこんで、コップ一杯の水は入るだろうと思われました。

家族が何より好きで、どんな贅沢《ぜいたく》も海外旅行も全く興味がなかったというHさんは、奥さんと三人の子どもさんを遺して、昔の日本人の死に方で自然に安らかに亡くなりました。亡くなった部屋には家族の写真やお子さんの作品があちこちに飾ってありました。

なぜ余命を告げるのか

日本では、平成一〇年頃でも、癌という病名を告げない医師もいたのです。

ある日、訪問をしていた四〇代の肺癌の女性から「先生、この薬って何の薬ですか」と、病院から渡された数種類の錠剤を見せられました。

「咳止めと、痰を出しやすくする薬と、これは気管支を拡げる薬」と説明すると、「じゃあ、どれが肺真菌症の薬なんですか」と訊かれ、次の言葉に詰まってしまったことがありました。

彼女は肺真菌症と告げられていたのです。みのもんたのお昼の情報番組で肺癌を取り上げていたのを観て、自分も肺癌ではないかと主治医に尋ねても「肺真菌症です。症状は肺癌と同じです」と本当の病名は教えてもらえませんでした。

そんな時代がついこの前まで続いていたのに、告知することが一般的になると、日本人の性急さで病名だけでなく、余命まで伝える医師が増えました。癌患者さんは、犯罪者でもないのに……余命を宣告されるのです。

患者さんに、真実を伝えるという名目で、これでもかというほど悪い情報を知らせ、一縷の希望さえ奪ってしまう医療の目的は、何なのでしょうか。私の患者さん達の中に、主治医の思う「真実」によって悩んだ人は、たくさんいました。

アメリカの生命倫理学者のペレグリノ氏は言いました。「医学は科学の中で最も humane なものであり、humanities の最も科学的なものである」と。

日本の医師も原点に戻り、日本の文化を配慮した温かさや思いやりのある医療を、時には足を止めて考えても良いのではないでしょうか。


医師としての私の目では「夫はまだ数カ月は生きられる」と思いましたが、意識がクリアなうちに弟達に会わせてあげたいと思いました。

夫は男ばかり四人兄弟の次男で、兄と弟が二人います。四人共どちらかというと言葉少なく、アルコールも飲まず、四人揃う機会があっても、いろいろ喋っているのを見たことがありませんでした。

「たまには、電話でもしたら」

「別に用事もないし」

「用事がなくても、お互い近況報告くらいは出来るでしょう」

「男は女の人とは違うから、特に用事がなければ、君達姉妹みたいに、お喋りなんかしないよ」と、言われて終わってしまいます。

一番下の弟は、四〇年前札幌で私達のアパートの近くに下宿していたので、私とは親しくしていました。けれども帰宅が遅い夫は、この弟とも多くは関わりませんでした。

私は夫に「急ぐことはないけど、会いたい人は？」と尋ねてみました。

「弟達かな。それと君の姉さん達とも会っておきたいかな」と、予想した答えが返ってきました。私は夫のいない所で、弟や姉に連絡を取った後、どうにも制御出来ない哀しさに襲われ、夫に隠れて泣き伏してしまいました。

残された日々、夫をどのように支えていけばいいのか……。絶望の淵に立たされた夫と、哀しみに振り回されている自分に、医師としての私は、どう対応するか、今が正念場だと覚悟を決めました。

●患者さんの家族に勇気をいただいて

慌しさの中で、すっかり忘れていたことを突然思い出しました。三日後に、ナース、ケアマネージャー、ヘルパーさん達を対象に、講演会を頼まれていたのです。

数カ月前に依頼されて、万が一夫が急変した場合は、断れる約束をしていたのですが、迷ったあげく予定通り行うことにしました。夫はまだ大丈夫、今からオロオロしていては、在宅で一人で夫を看ていけないでしょうと、思い直したのです。

夫が眠った後、原稿用紙に向かって講演の内容を考えているうちに、段々落ち着いてきました。在宅の多くの家族の方達は、今の私と同じような状況の中で、悩みながら、泣きながら頑張っていたことを思い出したのです。

みなさんも辛かったのだ。それを乗り越えたから、笑顔を取り戻せたのだと分かって、私もまだ頑張れると、気持ちが強くなりました。

夫が重大な局面に立たされ、私も崩れそうな時に偶然とはいえ、講演会の準備で多くの患者さんと家族を思い出したことは、思いがけない力になりました。

当日、「会場は、近くの老人施設なので何かあったらすぐ帰ってくるから安心してね」と話すと「大丈夫」とは言ったものの、元気のない声でした。

講演中、万が一を考えて、係りの人の了承を得て携帯電話の電源は切らずに、マナーモードにしておきましたが、夫からSOSの連絡は、ありませんでした。でも私が帰宅すると、椅子にもたれてぐったりしています。寒気と頭痛と腹痛があり、熱が三七・四度あったので解熱鎮痛剤のボルタレン座薬を使ったと、消え入りそうな声で報告をしてくれました。

夫は痛みだけでなく熱にも弱かったことを思い出して、どんなに心細かったかと申し訳なくて、しばらく夫の手をさすっていました。私のクリニックの元ヘルパーさんが、講演会終了後に届けてくれた能登のお魚をお刺身にしてあげると、何も食べたくないと夕食を残していた夫が「美味しい」と数切れ食べてからベッドに入りました。

発熱は一回だけでしたが、その後さらに食欲はなく、家にいる時は椅子に寄りかかり、うなだれて眠っているのか、考えているのか……急に悪くなった感じでした。元々、自分の気持ちを表現するのは苦手な人ですから、このまま崖っぷちに立たせておくのは危険と思い、少量のステロイド剤内服を提案したところ「飲んでみる」と、顔を上げて言いました。

服用して二日目には食欲が出て、「焼きうどんが食べたい」「ハンバーグが食べたい」と、私を喜ばせたのです。以前はあまり好まなかった野菜サラダを毎日欲しがりました。私は買い出しや台所に立つ時間が増え、にわかに忙しくなりましたが、それは嬉しい忙しさでした。仕事にも安心して行けるようになりました。

家に飛び込んできたホタル

でも、そんな幸せな日は長続きしません。また、落ち込むような姿ばかりが目につくようになりました。

夫がまだ仕事を続けたいのであれば、少しカロリーを補充したほうがいいかと思い、夫に相談すると、「せっかくポート（皮膚の下に埋め込んで薬剤を投与するためのカテーテル）が入っているので、やってみるか」と同意してくれたのです。一日に五〇〇キロカロリーを目安に入れることにしました。

私にはもう一つ心配がありました。最後まで一人で看病するのは無理なので、ヘルパーのWさんに手伝ってもらうつもりで、前もってお願いしていました。でも夫は、他人のお世話を容易に受け入れる性格ではありません。今まで漠然と考えていた計画を、急がなければならない状況になってきたのです。

腎不全になるかどうかは分からなくても、腫瘍がみるみる広がっていることは、明らかでした。

実は、夫は発症する二年前から、大磯の隣の二宮町のクリニックを手伝っていました。院長先生が大腸癌で加療中、一時的に外来を頼まれ、軽い気持ちで引き受けたようですが、先生が亡くなられたため、辞めるに辞められなくなっていました。

その上、そのクリニックが経営する三カ所の老人施設も「ぜひ、ぜひ」と言われて、結局夫と私が週に一回ずつ通う契約をした直後に、夫は発症したのです。突然のことで、先方に迷惑をかけたまま、いったん辞めさせていただきました。

でも手術後、夫が奇跡的に回復したのを知った施設長さんから、せめて一カ所でも私に仕事を再開して欲しいと口説かれ、夫が寝こむようになったら辞めるという条件付きで受けました。

その頃、元気になっていた夫は、私にばかり負担が大きくて申し訳ないと、二人交代で行っていたのです。でも夫の体力、気力が弱った今、その施設も私が毎週行くと話し合ったばかりです。二宮町まで高速道路を利用して一時間弱。診察と合わせると半日はつぶれることになります。

私が家を空けることになる火曜日の午後、Wさんに留守をお願いするのはどうかと相談しました。案の定、夫は「一人で大丈夫」と言います。私は夫の答えを予測して、次の言葉も用意していました。「私が留守の間の食事とか、ベッドの周りのお掃除とか、Wさんにお願いできれば、私が助かるの。二宮から慌てて帰って来なくてもいいでしょう」と説明すると、夫は、「君が助かるんだったら、それでもいいけど」と、歩み寄ってくれました。

そして、心身共に萎えてしまった夫は「仕事は、六月いっぱいで終わりにしようかな」と、初めて辞職を口にしたのです。私は「無理しなくていいの。ここまでよく頑張ったと思う。お父さんだから出来たことよ。全員の紹介状も用意出来たのだから、終わりにしましょう」と、夫の決断を安心して受け入れました。

私も七月からは、東京と平塚に行かなくて済みますが、二宮のほうはどうしようと迷いました。夫をやっと説得したばかりなのに、二宮を辞めるとWさんを頼む理由がなくなってしまいます。

先々の事を考えると、二宮だけは続けようと決めたのです。

腎不全で余命の話が出て以来重苦しい日々が続き、加えて二宮の施設を私が毎週担当することになった分、疲れも増えて夜は一二時前に、夫より先に寝ることも多くなりました。夫は昼間、ベッドでうたた寝するせいか、夜はなかなか寝つけず、二階の寝室と一階を動きにくくなった脚で降りたり上がったりしていました。

ある夜、「ちょっと見て」と、突然起こされました。「ホラ、見て」と、新聞紙を私の顔に近づけました。何とホワーと緑色のものが、光っています。

「ホタル？」

「そう」

「どうしたの？」

「家の中にいたんだよ。電気を消したら光ってさ」

久しぶりに耳にした、夫の嬉しそうな声でした。枕元のラジオの時刻を見ると一時二〇分。

「そのホタル、どうするの？」

「何で家に入って来たのか分からないけれど、可哀想だから外に出してくる」

わが家の周りには川もなく、二〇年近く住んでいても、一度もホタルを見たことがなかったのに、哀しくて、苦しい時になぜ、こんなに小さなホタルがわが家に入ってきたのか不思議でなりませんでした。

思いがけない小さな訪問者に、「きっといいことがある」と期待しましたが、逆に状況は悪くなるばかり。そろそろ「その時」が近づいたのか、もしそうであれば、今後人生の最終章を、どのように過ごしたいのか、何を望むのか、自然な形で夫と話し合えたらいいなと考えました。

それは改まって対座して「さあ話しましょう」というよりも、点滴の間下肢のマッサージをしながら語り合うほうが、夫は気持ちが楽だろうと思いました。「食べ物全てが苦く感じて、美味しくない」とくり返し訴える夫に、マッサージをしながら「もう、食べて、食べては止めるわね。無理して食べなくてもいいのよ。食べたい物があったら言ってね」と、手を動かしながら顔を上げずに言うと「分かった」とだけ言いました。

●お墓に「夢」と書いてほしい

夫は頬がこけ、上半身は肋骨ばかりが目立つ身体で、患者さん達に最後の診療をしていました。六月末に、東京の職場にも行きましたが、その疲れ方は尋常ではなく、今夜、明日に何が起こってもおかしくないような、げっそり感がありました。

体力的には、すでに限界を超えていると思うのに、ここまで彼を仕事に駆り立てるものは何なんだろう。仕事が好き？　生き甲斐？　使命感？

どれも当てはまるような気がしました。仕事以外での楽しみ方を忘れて生きてきたのです。

ある日もマッサージをしながら、こんな話をしました。

「お父さんは、あっちに行ったら私をすぐに呼ぶでしょうね」

「そんなことしないよ。楽しんでから、ゆっくり来ればいいよ」

それから自然に葬儀の話題になりました。

「家族葬で、お坊さんは要らないからね。全然知らないお坊さんにお経をあげてもらってもありがたくないし」

穏やかな話しぶりでした。

一日二回のマッサージの時間が、私達の優しい語り合いの場になっていきました。私の指と腕は「痛い、痛い」と言っていましたが……。

ある時は、

「お墓のことだけど、ゆめって書いてくれる?」

「漢字の夢?　それとも平仮名?」

「漢字。君の字で書いて」と、具体的な話にもなりました。お葬式やお墓の話になっても、二人共、泣くことはなく、申し送りを聞いている感じです。

七月三日。私のゆめクリニックで三人の患者さんと会ったのが、夫の最後の仕事でした。車で迎えに行くと、夫の顔は激しい疲れで、ひきつっていました。そして「本当に疲れたなー」と、一言。「大変だったわね。お疲れさまでした」と、夫の背中をさすりました。

四〇数年の医師としての道程の終わりでした。


七夕の日、日中は穏やかでとりとめのない話から、三週間前のホタルに話題が移っていきました。

「あのホタルは、天国のお父さんが『安心して』と伝えるために、会いに来たのかもしれないわね」と私が言えば、夫は、

「たしかに、何か意味があるのだろうね」と、静かに頷きました。

でも夜、次男が来た時には強い痛みを訴え、頓服用のオキノームを飲んだのですが、ほとんど話は出来ません。一日のうちに、好、不調の波が大きく、それも段々不調のほうが、多くなっていきました。

コップに入れたお水もじっと見ているだけで、なかなか飲もうとしなくなったため、鎮痛剤は内服からフェントスという貼布薬に変えました。

私の誕生日（七月一四日）の二日前、ほとんどの時間をベッドで過ごす夫に、「私の誕生日まで、頑張れる？」と、そっと訊きました。

「大丈夫。頑張るから」と、か細い声で答えます。

外見は下肢を除いて、骨と皮膚だけになってしまった姿は痛々しく、元気な頃の夫を思い出せなくなっていました。それでも眠れない夜中に、事務能力がない私のためにか、学会の退会届や光熱費の引き落としの口座変更届など、事務処理をパソコンに向かって進めていたようです。

「君に出会えたことが、一番幸せだった」

私の誕生日には、初めて家族全員が揃いましたが、夫は二階の寝室から降りてきませんでした。長男夫婦が用意してくれたケーキを夫のベッドの横でカットして、私達は階下で食べたのですが、寂しいバースデーでした。

夜になって夫は、家族に話をしたいと、一人ひとり順に二階に呼ばれました。私には「君に出会えたことが、一番幸せだった」と話しました。結婚して初めて聞いた言葉で、「私も同じです」と返すのがやっとでした。かすれた声で他にも何か言いましたが、聞き取れませんでした。このような時に「えっ」「えっ」と訊き直すことは可哀想で、黙って頷きながら訊いていました。

息子達には何を伝えたのでしょうか……。

翌日、嫁とゆづきにも話をしました。

ゆづきは夫のベッドの上に手をついて、くいいるようにおじいちゃんの話を聞いていました。私は一階に降りて、遊んでいたさきほに「おじいちゃんは、お星様になるの」と、話したところ、さきほは直接おじいちゃんに確かめたいと言うのです。

「おじいちゃん、お星様になるの？」

「そう、流れ星になっていつでもさきちゃんの所に行くよ。いつも守っているからね」

二番目のむつきには、

「むっちゃんは何にでも興味を持つから、おじいちゃんがプレゼントを作っているからね」と、伝えました。実際、ベッドに座って図面を書いて割り箸と輪ゴムで割箸鉄砲の製作途中だったのです。むつきも「おじいちゃん、ありがとう」と、いつもより真剣な顔で言いました。

長男一家は週末ごとに顔を見せ、忙しい次男も都合をつけて数時間でも父親の様子を見に来るようになって、状況が違えば、幸せな団欒《だんらん》といえるのでしょう。ところが、「だるい」「だるい」と、盛んに訴える夫には、これまでは生き甲斐でもあった孫達のかん高い声はもはや騒音でしかなく、「あっちへ行って」と、不機嫌な表情を見せる時も出てきました。

身の置き所のないだるさは、経験しないと分からない究極の苦痛だろうと思います。癌の痛みは薬でコントロール出来ても、このどうにもならないだるさを緩和するのは難しく、末期の癌患者さんの最大の問題です。身体を軽くさすったり、動かしたりしてあげると和らぐので、夫が少しでも楽になるようにと、いつでもそのような手当てが出来ればいいのでしょうが、私自身も疲れが溜まる一方で思いと現実は離れるばかりです。

家族にメッセージを残した後、北海道の母や兄にもお別れを伝えたかったのか、ある日夕方から書斎にこもり、時々居間に顔を出しては、トマトジュースやアイスクリームを少し口にして、また書斎に……を繰り返していました。その日の日付が変わった一二時過ぎに「おふくろに手紙を書いたので、出しておいて」と、分厚い封筒を渡されました。何と六時間……夫の最後の大仕事でした。

すぐそこに迫ってきた死

四〇歳くらいで夫と死別し、四人の息子を育てた母親を夫は尊敬していました。学生時代に私もお母さんの苦労話を何度も聞いていました。その絆ゆえに、私は「招かれざる嫁」になってしまい、世の常の嫁姑関係に悩み、六年半で札幌を離れた過去があるのです。そのことで恐らく夫は生涯母に申し訳なさを感じていたのではないでしょうか。夫だけでなく私の心にも――私と結婚しなければ、もっと親孝行が出来たろうに――という思いが、いつまでも棘として残っていました。

隣の家が空いた時に、姑を呼ぶことを提案したのですが「知らない土地に引っ越してきても、おふくろも楽しくないだろう。それに僕ら二人共働いているから、誰か世話をしてくれる人を頼まなければならないし」と反対されました。

私の知人のUさんが、ご主人を亡くして一人暮らしをしていたので、事前に相談して、了解を得ていましたが、夫は「それは無理だろう。おふくろの性格からUさんと上手くやれなかったら、君が困るだろうし」と言われて、その話がうやむやになってまもなく、隣の家には新しい人が決まりました。

夫が渡した分厚い封筒に数十年前の苦い思い出が蘇り、私達の幸せは、母の犠牲の上にあったのだと、複雑な思いにとらわれました。

その夜は、札幌の兄と電話で「もう駄目かと思ったけど、まだ大丈夫みたい」などと、特にお別れの言葉ではなく、普通のやりとりをしていました。夫がそうして着々とお別れの準備をする様子を見ていると、実際の「死」が、すぐそこに迫っているように感じて、覚悟はしているものの、私の気持ちは沈んでいきました。

わが家の壁にはたくさんの観葉植物が掛かっていて、夫が一週間に一度の水やりを担当していました。夫の身長に合わせて釘を打ったので、私には背のびをしないと、届かないポットがあります。夫が入院中、私が一段下げたはずなのに、体力が回復してからか、夫はまた位置を戻していました。

再び水やりが、私の役目になって無理に背伸びをして降ろしていました。顔を天井に向けて、天から物を取るような格好です。ある日、ポットの底をきちんと持てなかったのか、ポトスのポットが落ちてきて私の顔、頭と床は土だらけになってしまったのです。

その後始末をしながら、泣けて泣けてどうすることもできません。シャワーを浴び、床を拭き掃除する間中泣き続けました。やっと一段落すると、トイレで夫の声がします。「眼鏡を便器の中に落としてしまった」。顔が小さく縮んだために眼鏡の蔓《つる》が合わなくなっていたのです。眼鏡を拾い上げて「ああ、今日は落とし物ばかり」と情けなくなりました。

普段なら見逃がしたり、聞き流せることも、疲れた心には何倍ものダメージになる場合があります。

翌日、隣に一人住まいしている五〇歳前後の男性から「最近小さい子どもの声がうるさくて、眠れないのです。お風呂の蓋や玄関のドアの音も気になるので、気をつけてください」と、苦情を言われました。

　夫の病状をかいつまんで話し、週末だけはもう少しの間、息子達が来るのでお許しくださいと謝りましたが、良い返事は返ってきませんでした。孫達には隣の人の話をして大声を出すと「シー」と人差し指を口に当てて注意しますが、また騒ぎます。決して密集した住宅地ではないのに、音に過敏な人はどんな音でも気になるのでしょう。

　たしかに子どもの声は煩わしい騒音だと思いましたが、夫の緊迫状態の中でまた新たな悩みが増えて、やりきれない思いになってしまうのでした。

　その苦情の後には、息子の車を家の前に止めると二〇分もしないうちにパトカーが来て、「ご近所のかたから違法駐車という通報がありました」ということが三回も続きました。警察官にも事情を説明すると分かってくれましたが「自分達も通報があれば、一応来なくてはならないのです。まあ、あまり気にしないでください。この通りは道路が広いので、特に迷惑にもならないから」と慰められましたが……隣人に必要以上に気を遣いながら暮らすのは、神経を消耗させました。

●事務的な処理を全部終えて

夫はテレビを観ているのかなと思うと眠っていて、でも消すと目覚めてトロリトロリしていることが多くなりました。でも新日本風土記「絶品うどんの旅」という番組は、珍しくしっかり目を開けて観ていて、急に「うどんが食べたい」と言ったのです。久しぶりにほんの少しうどんを食べた後、「僕の命日は、うどんにしてね」と言いました。それほどうどん好きなのです。

その数日前、夫は手帳に「尿量から見て、腎不全はたいしたことなし。あと何日か？」と書いていました。自分の生命を数日、あるいは週単位で考えていたようです。

私が二四時間態勢の仕事で忙しかったのと、事務能力がないために、わが家ではお金の管理を含めて全ての事務的な処理は夫がしていました。

ある日、今のうちに申し送りをしたいと、二センチ以上もあるファイルを持ってきて預金、保険、年金その他夫が亡くなった後、連絡する職場の電話番号など、一枚一枚説明してくれました。ＷＯＷＯＷ料金、ＮＨＫ、ＮＴＴ、インターネット回線、携帯電話、家電話、富士霊園など各種契約の名義変更です。途中で「疲れたから残りは明日」と言ってファイルを閉じましたが、仕事といい、この申し送りの資料といい、夫の精神力の強さに感服しました。辛い現実と向き合いながら、意識が混濁しないうちに済ませなければと、準備していたのでしょう。

七月二八日、ロンドンオリンピックが始まると、イライラするのか、式典が長過ぎるとか、柔道の判定に問題があるなど、文句を言いながら観ていました。夫はテレビを観ても興奮するタイプではなく、いつもおとなしく、真面目に観る人でしたから珍しいことでした。

七月になって夫が二階の寝室ではなく一階の介護用ベッドに寝るようになってからは、私はベッドの下の畳に布団を敷いて寝ることにしました。一日の用事が済んで、さあ寝ようとすると夫が目覚め、それから朝の四時頃までは「だるい」「だるい」と寝たり起きたりが始まります。背中をさすったり、下肢のマッサージをしてあげるとトロトロと眠りますが、手を離すとすぐ起きてしまいます。そして朝方、明るくなる頃、眠りに入るのです。今まで関わった多くの在宅の患者さん達も同じでした。

人事院初の女性課長、吉岡昭子さんは、胃癌で胃を全摘した方です。昭和五八（一九八三）年九月、朝日新聞の「ひととき」欄に「がんに負けずに生き抜きたい」という題の投稿文が掲載され、多くの読者の心を引きつけ、話題になりました。私もその読者の一人でしたが、残念ながら、その三カ月後の一二月二四日に亡くなられました。後日出版された『今日はすべて』（新声社）の中に、眠れない夜のことが何度も綴られています。

「苦痛の夜がやってきた。ねむれない夜だ。生の時がないというのに、夜の時間の長いこと、一秒単位で過ぎていくようだ。朝までの長い時間、無駄にすごしてはならないときなのに、無為に無為に過ぎていく。ただ悩むためにある時間だ。」

「今晩もねむれそうになく一〇時ごろ注射してもらう。夜中ねむいのに何度も目ざめる。ベッドに起きたりする。やりどころのない気持ちにイライラする。助けてくれ！　とさけびたい。」

「睡眠薬注射でも、頭のシンがさえてねむれない。といってはっきり目ざめているわけではない。もうろうとしている状態で一夜を送る。（中略）何度も夜中ベッドの上に座ったりする。時計は一〇分刻みでしか動いていないようだ。長い長い夜。朝方一時間ぐらいねむる。」

●点滴を止める

「夜」というのは、重い病を持つ人にとって単に明るさのない、暗い時間帯ではなく、不安をかきたてられる、苦しみの時、まさに心の暗闇を意味するのではないでしょうか。

夜中にロンドンオリンピックの女子サッカーの試合を観ていた夫が突然「だるい」「だるい」と私を起こし、眉間にシワを寄せ険しい表情で訴えます。「背中を叩いて」「脚をさすって」「もっと強く」と言い続けます。

熟睡していたところを急に起こされたせいか、めまいがして吐き気まで出て、夫の希望通りに出来ません。一時間近く、叩いても、さすっても「もういいよ」という終わりの言葉がなく、それだけ、どうにもならないほどのだるさなのだろうと、頭では理解出来ても、私もイライラを隠せなくなってしまいました。

次の日も、その次の夜中もだるさの訴えは続き、冷静さを失った夫は次男に「すぐ来るように。末期状態がどういうものか見ておいて欲しい」とメールを送るよう私に言いました。忙しいのでしょう、次男から返信がないことに怒った夫は、緊急電話をして呼ぶよう鬼のような形相で迫るのです。

病気前の優しい夫からはまったく想像出来ないことでした。「病気が人を変えてしまうのです」と、さんざん患者さんの家族に言ってきた私が、夫の言動に傷つき、耐え難くなっていることに情けなく、自分を叱りながらも厳しい現実に翻弄されてしまうのです。

私は思いました。生命に関わる重い病気になった人の家族は、疲れや緊張感で平常心を失うと、人の心の底に潜む、もしかしたら一生浮き上がってこないかもしれない醜い感情にとらわれてしまうのだと。

仕事を終えた次男が夜中にかけつけ、私と交代して午前三時近くまで父親の背中をさすり続けてくれました。少し満足したかなと思ったのですが、朝になるとまた不穏が始まりました。

「孫達はいつ来るの？」

「お昼頃」

「早く呼んで」ときつい口調です。

午後長男家族が到着し、息子二人と夫と私で話し合い、点滴を止めることにしました。「早く死にたい」「もう生きていたくない」という夫に点滴を続けるのは、苦痛の時間を延ばすだけかもしれない、これからは自然の経過に任せたほうが良いのではないかと四人で出した結論でした。そしてイライラする時は、抗不安薬を使うことにしたのです。

午前中はイライラしていましたが、孫達には自分が作った作品を見せながら説明し、夕焼けはなぜ赤いかなどと話していました。でもその声には、もう力がありませんでした。

夫はむつきへの割箸鉄砲だけでなく、ゆづきにもプリズムやセロファンを張って何かを作っていました。苛立った後でも、ベッドのオーバーテーブルの上で、長い時間製作を続けていました。孫には思い出だけでなく、おじいちゃんからの最後の贈り物を残したかったのでしょう。

夜はまた落ち着いて、ポツリポツリとこんな話をしました。

「ピアノの辺りに黒いお盆に乗った何人かの人がいたの。おばあちゃん（私の母）もいた。あれはお迎えではなかったのかな」

「お父さんは（夫の）？」

「いなかった」

「お父さんがお迎えに来てくれるんじゃないの？」

「ずい分年代が離れてしまったから、どうかな……」

脚のマッサージをしながら、こういうやり取りをして私達はお別れの心構えをしていったように思います。すでに私の肩、右腕と指はマッサージの疲れで悲鳴をあげていましたが、まだ頑張れると思えた珠玉のひとときでした。

痛みは心と連動する

気持ちが安らいだ時の夫は、時々ハッとするようなことを言いました。

「僕は今まで痛みで苦しんだのは二回。君が講演会で留守にした時と次男が来た時。でもあれは癌の痛みではなかったんじゃないかな。一回目は君がいなくて急に不安になって……。次男の時は、この子には癌患者の末期状態の痛みを知っておいて欲しいという思いかな。長男は大学病院で、免疫が専門だからまず癌患者を診ないだろう。次男は将来、癌患者を診ることになるから、知識だけでなく本物の患者を、しっかり見ておいて欲しいと思っていたんだ。別にわざと痛いふりをしたわけじゃないんだけど、そういう気持ちが原因だったのかもしれない。僕は本当の癌の痛みは、今までなかったと思う。君がいつも言っていたように、痛みは心と連動するんだね」

そう言われて振り返ってみると、長男が来た時に痛くて苦しんでいたことは、なかったかもしれません。そこまで分析する夫の凄さを誇らしく思いました。

でも夜中になると別人のように不穏になり、眠ったばかりの私を「そこの布団に寝かせて」と起こします。私の肩につかまらせてやっと布団に横にすると、今度は「背中が痛い。ベッドに寝かせて」と、言うのです。

力のない人を立ち上がらせるのは容易ではなく、モタモタしていると「早くベッドに寝かせて」と急かせます。「私一人では、お父さんの思い通りに出来ないの。少しは我慢出来ない?」と言えば、「デキナイ」と答えます。私はイライラの頂点に達し、逃げ出したい気持ちになってしまいました。

私の苛立ちを夫も分かっていて、手帳には「任子の疲れもピークのようだ。イライラがひどい」と書いています。この手帳は夫ががんセンターに入院した時から亡くなるひと月前まで書いていたものです。でも私はなにを書いているのか見たことはありませんでした(死後一年経ってこの手帳を開いたのです。やっと見ようと思うようになったのです)。私はこのままでは余裕がなく、優しく出来ないと心が痛み、せめて一日だけでも誰かに助けてもらえないかと、ゆめクリニックの遺族のK子さんに相談しました。

K子さんは「夜の一二時頃から行ってあげますよ」と、言ってくれましたが、夫は「君がそんなに大変だと思うなら、入院させればいいでしょう」と哀しいことを言ったのです。

あんなに優しかった夫は、どこにいってしまったのでしょうか……。

ひとをいかる日は

みずからのこころをみつめる
みずからのこころをいきどおる日
その日は　そらをみる

八木重吉詩稿『花と空と祈り』

病気は人を変える

患者家族のＫ子さんのご主人は五四歳でした。病名は腎細胞癌で左腸骨転移。骨の腫瘍は赤ちゃんの頭ほどに増大していました。

「病気になる前は優しくて、よく気がつく人で仕事は優秀。上司からも信頼されていたんですよ。でもね……今は……病気ってイヤですね。人を変えちゃうから」

そう言ってＫ子さんのお母さんは、顔を曇らせました。色白でアメリカの俳優リチャード・ギアに似ているご主人を、Ｋ子さんが大好きだったというのは関わり方を見ていて想像出来ました。仕事も徹底していましたが、お酒、ゴルフなどにもたくさんのお金を使っていたというご主人を「一生懸命働いているんだから、そのくらいは許してあげないと」と、他家では聞けないことをサラッと言うのです。

元気なときは本当に幸せなご夫婦だったのでしょう。でも病気になってから、というより恐らく寝たきりになってからというほうが正しいかもしれませんが、ご主人は気難しく、こだわりが強い人になっていたのです。

たとえば尿です。ちょっとでも出たかなと本人が思うとすぐ「尿取りパッドを替えて」とK子さんを呼びます。何十分も経たないうちに、時には数分後でも「尿が出たからオムツを替えて」と言うのです。

どう見てもそのパッドは尿で汚れた形跡がなく、色も臭いもしません。K子さんが仕方ないといった感じで、笑いながら「これだからオムツ代も馬鹿にならないんですよ」と言ったので、私は「尿は出ていないと思いますよ。そのつど捨てるのはもったいないから、一応ちょっと陽に当ててまた使ったらどうですか」と言って、K子さんを大笑いさせたことがあります。床の間にはオムツの段ボールが積まれていました。

尿が一段落すると次は便です。自分の思った量が出ないと納得せず、何回でも浣腸をして欲しいとK子さんに要求します。「ほとんど食べていないので（高カロリー輸液をしていました）便は前ほど出なくても大丈夫なんですよ」と説明したところで聞き入れません。いくらご主人が大好きでも、長引く看病で心身共に疲労困憊《こんぱい》したK子さんは、時々イライラする様子を見せるようになりました。

ある時ご主人は、

「K子、あのカレンダー、壁の真ん中じゃないだろう、少し右寄りだ。直して」と言い、一緒にいた私達二人は顔を見合わせてしまいました。多分「細かすぎる」と同じことを思ったのではないでしょうか。それはメジャーで測れば多少違っているかもしれませんが、注意して見ても見た目では中央にあります。でも技術屋さんのご主人の目には、わずかでも右寄りに見えたのでしょう。それを頑として主張します。

K子さんは我慢していたイライラが抑えられなくなったのか、部屋を一歩出て自分のスリッパを蹴ったのです。普通は、そういうことをする人ではないのに……。普段は「何言ってるの！」と笑って聞き流せるはずなのに……。

他人が見れば些細なことでも、疲れきった心は針先ほどの刺激でバランスを崩すこともあるのです。

第4章　家族の感謝の言葉に包まれて

「ずっとそばにいて」

ゆめクリニックの患者さん達のほとんどは七月中に転院してもらいましたが、数人は残っていました。そのうちの一人がK子さんです。

ご主人をお看取りした後はK子さんのお父さんを夫が訪問するようになったため、K子さん一家とは家族ぐるみのお付き合いをするようになっていたのです。K子さんはご主人とお父さんの二人もお看取りをしたので、介護については先輩でしたから何かにつけ電話やメールで励ましてくれたり、食事を届けてくれました。

八月中旬、私がクリニックに行けないので、K子さんに自宅に来てもらい、私は夫の書斎で処方箋を書いていました。書斎に行く前にK子さんは夫に挨拶をしていましたから私達が隣の部屋にいることを知っていたはずですが、夫は「お母さーん」と私を呼びます。その度に、夫の所に行くと、顔をクシャクシャにして「だるい」「だるい」と訴えます。

「今、処方箋を書いているの。私がクリニックに出かけたら、一人でいられないでしょう」

「うん」

「もう少しだからね」と書斎に戻ると、またすぐ呼びます。

「気が変になりそう」

K子さんに事情を話すと「先生も大変ですね」と心配そうにひと声残して、急いで玄関を出ました。

夫のベッドに行くと、

「暴れたい気持ちになった。K子さんに申し訳ないことをしてしまった。すぐ謝って」と泣くのです。

「K子さんは、私の夕食を持って来てくれたのよ。仕事でも、私が離れるのはイヤなの？」

「イヤ！」と言いました。

それを聞いて、可哀想で、切なくて、やりきれなくなり、病気って本当に哀しいと、二人で手を取り合って泣きました。泣きながら夫は「ずっとそばにいて」と甘えました。一生分の甘えと我儘《わがまま》を私に言っているのだと思いました。

次の日、「もう目が覚めないように、強い睡眠薬はないの?」
「目覚めないで、ずっと眠っていたいの?」
「だるくて、もうイヤ」と言いながらも、チョコアイス、カフェラテ、水を
「オイシイ」と飲んだのです。
「ずっと眠っていたら、こういう物を飲んだり、食べたり出来ないのよ、もう
少し病気と共存出来ない? イヤなことを全部なくそうと考えると眠っているし
かなくなっちゃうけど、まだしばらくお迎えは来そうもないし……」
「そうだね、でもソラナックスは何回飲んでもいい?」
「そうね」
ソラナックスは薬です。
子どもに諭すように、ゆっくり説明すれば納得することもありましたが、毎日
がこの「だるい」「だるい」との闘いでした。
抗不安薬を増やし、睡眠薬を加えても、昼夜逆転がひどくなるだけで、夜中は
ほとんど眠りません。本当に夜は「魔物」です。
ある夜「ガタン」という物音で目覚めると、夫がベッドにいません。あわてて

眼鏡をかけて薄暗い中に目を凝らすと、夫がアルミの四点杖をついて台所の方に歩いているところでした。

何をしているのだろうと、布団の上で少し様子を見ていると、冷蔵庫を開けるような音がしました。急いで起きて跳んでゆくと、電気をつけて明るくした部屋に、眼鏡が落ちていました。

マクドナルドのバーベキューソースを舐めたくて取りに来たのだと言います。いつだったか、マクドナルドのナゲットが食べたいと言い出し、長男が買いに行ったことがありました。その時、ナゲットは一口しか食べませんでしたが、ソースが美味しいと舐めていました。それで、そのソースを手に入れるために、次もまたナゲットを買ったことを、その時思い出しました。呂律《ろれつ》も回らない、歩くのもやっとの夫が、それを覚えていたことに驚かされました。私を起こさずに一人で杖をついて、落とした眼鏡さえ拾えないのに冷蔵庫まで歩いて行った夫が不憫に思えて背中をなでてあげました。

昼間もう少し歩かせてみよう。疲れて夜は眠るかもしれないと思い、夫を誘いましたが「歩けない」と言って、ベッドから降りようとしません。

私は急に思いついて、次のように言いました。

「兵隊さんは飲まず食わずで戦って『だるい』なんて言って動かなかったら、撃たれるか、切られれちゃったでしょう。戦場では血まみれ、泥まみれで亡くなっていったのよ。体も洗えず、食べる物も僅《わず》かで……私達は、そういう人達のお陰でこうして豊かに暮らせるようになったのよ。無念さの中で亡くなった兵隊さん達のことを思って、さあ、シャワーを浴びてさっぱりしましょう」

「そうだね。今『敦子ガンバレ』を思い出した」と言って、私の肩につかまって浴室に歩き出したのです。

敦子さんは平塚のクリニックの患者さんで、ベッドに寄りかかって亡くなっていた方です。歩くのが不自由になって、ゴミを出す度に坂道を上り下りするのが辛くて「敦子ガンバレ、敦子ガンバレ」と自分にかけ声をかけて、ゴミ出しに行くんですという話を聞いていました。私達は「病気も辛いけど、年を取るのも辛いわね」と、帰りの車の中で話したことがありました。

それを夫は思い出したのです。

翌日も、また別の日も兵隊さんの話をしては「さあ、歩きましょう」と、私の肩に両手をかけさせ、室内を「兵隊さんガンバレ、イチニイ、イチニイ」と、私がかけ声をかけると、背中のほうからは「敦子ガンバレ、敦子ガンバレ」という小さな声が聞こえてきます。

兵隊さんと敦子さんのおかげで、夫は少し歩くようになりましたが、だからといって夜はぐっすり眠るということは、ありませんでした。

医者の父が息子に遺すもの

八月二六日の朝、起きるとすぐに、自分が死んだようでみんなが集まっていたと言い出しました。

「血圧も脈もまだしっかりしているから、しばらくお迎えは来ないと思う。九月まで大丈夫」

「九月まで？　そんなにもたないよ」

「だって、あと数日よ」

「えっ、そうなの？」

この日の夕方、次男が来たので留守を頼み、私は急いで買い物に出かけました。その間に息子が父親を歩かせてくれたそうです。父親よりずっと大きいのに、おぼつかない足取りの患者を支えるのは大変だったとフーフー言っていました。新米医師の息子は、父親の介護を通して大事なことを学んでいたのです。それは夫が息子に遺したいものでもありました。

目覚めるとすぐ薬を要求する夫に、

「昼間寝ていると夜は眠らないで、私をずっと起こすでしょう。これでは、倒れてしまう」

「それは困るから、二、三日入院させていいよ」

「がんセンターは、治療しない人は入院出来ないの」

「じゃあ、ホスピスでもいいよ」

「ホスピスは、今日申し込んでも明日は入れないの。普通は何週間か待つのよ。でもどこに入院しても、看護師さんは一人の患者さんに、つきっきりではないのよ。お父さんのように『背中をさすって』『背中を叩いて』『寒くなった』『今度は暑くなった』『のど渇いた』って、そのたびに看護師さんを呼んでも、『ちょっと待ってください』って言われちゃうの。夜中は看護師さんが少ないでしょう」

「あっ、そう。じゃあセデーション（薬を使って意識レベルを低下させること）してくれたらいいよ」

「そうしたらこうしてアイス・キャンデーもお水も飲めないのよ」

「そうか……」

半分は正気ではありませんでした。余命の話以降、夫の心はさまよい出し、落ち着く場所を見失ってしまったようです。

「何も分からないように眠らせて」「麻酔薬ですぐ死なせて」と、壊れてゆく自分から逃げたい気持ちは強いのですが、一方「生きたい」という本能も残っているのです。ある日、自分の掌《てのひら》を広げて生命線をなぞりながら、「六八歳からあと一年生きられる手術が出来ないかなと思っているんだ」と真剣な表情で、言ったのです。現実的には、だるさという辛さから解放されたいという思いと、もう少し孫の成長が見たい、生きたいという思いが交錯して、心は正常な働きを保てなくなっていたのだと思います。

岸本英夫氏は著書『死を見つめる心』の中で、

「私のことを不動心をもった人間であるように思った人もあったらしい。しかし私の内心は、つねに死の恐怖に対するはげしいたたかいであった。それは生理・心理的な内面でのはなはだしい消耗をともなっていた……」と述べています。夫の心も相当消耗していたと思います。

ブラジルからの見舞客

約二五年前、夫は大学病院で、ブラジルから留学をしていたM先生の博士号取得のための研究を指導していました。M先生は日本人ですが一〇歳でブラジルに渡り医師になった方です。敬虔なクリスチャンで律儀な青年でした。夫は弟のように目をかけていたので、ブラジルに帰国してからも、交流を続けていました。

いつ、どのように夫がM先生に、自分の病を伝えたのか分からないのですが、八月末突然はるばるブラジルからお見舞いに来てくださる旨の連絡がありました。それに対して夫は「来なくていいと言ったのに」とイライラが始まりました。その苛立ちに、私はやり場のない怒りをどうすることも出来ませんでした。古きよき時代の日本人の礼儀正しさと律儀さを残しているM先生に、状況を知らせれば、飛んでくることは分かっているでしょうに……。自分が原因を作って八つ当たりして……。

M先生は、夫のお見舞いのためにだけ来日されました。ところが夫はなかなか会おうとしませんでした。やっと一度会っただけでしたから、M先生は、厚木のホテルで哀しい一週間を過ごすことになってしまったのです。M先生に申し訳なくて、私は夫に何度も説得を試みましたが、イライラが強くなりベッド柵や自分の太ももを叩いたりして「すぐ注射をして眠らせて」と騒ぎました。やはり正気ではないと思わざるを得ませんでした。私は夫の手をとって、

「生命は誰のもの？　お父さんだけのもの？　子ども達だって心配して、忙しくても毎週のように来てくれるでしょう。お父さんの生命の一部は家族だって共有しているんじゃない？　子ども達が、こういう姿を見たら哀しがるわよ」と話すと、正気に戻ったのか、静かになりました。

「なぜお父さんは、それほどセデーションを望むの？」

「何の喜びもないし、生きている意味もない。こんなにだるいのに……色々な

死に方があってもいいと思う」と言いながら、眠ってしまいました。でも手を離すとすぐ目覚めて、薬を要求します。錠剤が飲めなくなってからは、薬を溶かして氷片にして口に含ませていましたし、時には鎮静剤の注射もしましたが、トロトロッとしては、数分で半覚醒して騒ぎます。それは心の片隅で「まだ眠ったらダメだ！」と、生存本能が薬に抵抗しているようにも思えました。

M先生が帰国する前日、夫に「少しだけM先生に会ってくれる？」と頼みました。数日間悩んだ末のお願いでした。半分正気でない夫がしたことに対して責任を負わせるのも不憫でしたが、M先生がこのまま傷ついた心でブラジルに帰国されるのも、何とも申し訳なく、不穏になるリスクも承知の上で、もう一度だけ訊いてみようと思ったのです。夫は「分かった」と言いました。

元気だった頃の夫からは想像もできない変容に、M先生はどれほど驚き、哀しまれたことでしょう。それでも穏やかに、

「先生のこと、ずっと神様にお祈りしています」と言い、夫も、「元気でね」と別れました。

まったいものは
死のほかにないだろう
なにもないがゆえ
いらいらしさもあるまい
みかけのよいいつわりもあるまい
むなしいゆえ
こころはいっぱいにひろがれるだろう

八木重吉詩稿『花と空と祈り』

●「これで、終わり。ありがとう……さようなら」

九月に入ると頻脈になり、時々タッタッタッタタタタッタと脈が乱れて、いよいよお別れの時が近づいてきたと思いました。

大学時代の仲良しの四人の一人、Nさんが送ってくれた坂本九さんのCDを、毎日BGMのように流していました。ある夜「見上げてごらん夜の星を……」の九ちゃんの歌声に合わせて、ベッドの上の夫が歌っていました。もう声は出せず口だけ動いていたのです。

「見上げてごらん夜の星を」は、学生時代に二人で観た初めての映画ですから、レモンの味がする大切な思い出の曲です。私も夫の唇の動きを見ながら小声で歌いましたが、涙で続けることは出来ませんでした。

――あんなに優しかった人が……病気って本当に哀しい！

患者さんだけでなく、私の母も姉達も夫が大好きでした。母は娘婿を「世界中探しても、こんなに優しい人はいない」と、誰にでも自慢していました。母が生きていれば「代わりに私の生命をあげたい」と泣いたことでしょう。

姉も、私が切羽詰まって送ったメールに「……寛光さん（夫の名）がどんなに鬼の形相で取り乱そうが、私達の寛光さんへの尊敬の念は、全く変わりません。思いきり我儘《わがまま》をさせてあげては、いかがですか……」と返信してきました。

誰もが信じられない、悪夢を見ているような日々の中で、私自身も冷静さを取り戻すと、夫の六八年の人生のごく一部が乱れても、それまでの優しさ、誠実さが濁るものではないと思い直すのでした。

九月四日、亡くなる一二日前、もう一度だけ息子達に会いたいと言い、夜遅く

二人が来ました。聞き取れないほど細く、渇いた声の父親の話を息子達も、顔を近づけて真剣に聞いていました。夫は疲れたのか、

「もう、これで、終わり。ありがとう……さようなら」と言いました。長男は「また来るから、会えると思うよ」と言ったのですが、再び、「オ・ワ・リ」と言い切りました。

この日は、日中も比較的穏やかで、

「お母さんに迷惑をかけたね。これじゃ、倒れちゃうね」と初めて労《いたわ》りの言葉を言われました。

「いいの。苦労じゃないからね」と、嘘をつきました。

「幸せだった？」

「うん。幸せだった」

「セデーションしなくて、良かったんじゃない？」

「うーん……どうかな……」

「私や子ども達と話も出来なくなっちゃうのよ」

「でも、セデーションしても、何でも分かっていると思うよ」

「お父さんは分かっていても、交流は出来ないでしょう」

「そうかな……」

そして急に、

「君に抱かれて死にたいと思うけど、もし知らないうちに死んでいても、それでいいからね。後悔しないでね」と、言ったのです。

こんな会話が昼と夜にあったので、いよいよ「その時」が来たのだと、そしてやさしいお別れが出来ると思ったのです。

ところが夫の生命力は強く、不穏を伴ったままゆっくりと下降していきました。

翌日も、「暴れたい」と言い出し、

「どういう風に?」

「ベッドから落ちるかもしれない」と言われて、私はベッドの高さを一番下まで下げ、ポータブルトイレをずらし、ベッドの周りに座布団を置きました。

両腕を頭のほうまで上げて振り下ろし、太ももとベッドマットを叩く姿に、私は我慢が出来なくなり夫の両腕を高く持ち上げて「お父さんのイライラ飛んでいけ〜」と、泣きながら何度もベッドに落としました。夫はおとなしくなりました。

翌日も、その翌日もベッドマットを叩き続けました。でもヘルパーさんのWさんがいる間は穏やかで、私が帰宅した途端、不穏になってしまうのだと、Wさんが帰り際に教えてくれました。

結局、太ももやベッドマットを叩く激しいイライラは一週間ほど続きました。私が「もう限界」と感じた時、K子さんが夕食を届けに来たついでにと、私の代わりをしてくれました。K子さんは、夫の腕を上げてはパタンとマットの上に落とす仕事を、一時間以上もしてくれたのです。

K子さんは帰る時「あと数日じゃないですか。大変な時は、いつでも呼んでください」と、励ましてくれました。長年一緒に仕事をしてきたWさんも、いつの頃からか私の疲れ具合を察して「あと一、二週間ではないですか。夜もお手伝いしますよ」と言ってくれました。

負の感情はこの世に置いていってください

介護者が一人の在宅医療では、患者さんが昼夜逆転すると、家族は眠れないいためとことん疲れ果ててしまいます。ヘルパーさんが、介護者に代わって昼間は寝ている患者さんを見守ることが、介護保険では認められないため、家族が「もう限界」と、在宅医療をあきらめそうになることが何度もありました。

そのような時、私は患者さんのベッドの横で事務的な仕事をしたり、本を読んだりしながら、家族の方に寝てもらったり、入浴してもらったりしてサポートしてきました。それは残された数日を支えてあげれば家でお別れが出来るからです。「あと一週間くらいだと思います」「あと数日だと思います」「だから一緒に頑張りましょう」がお看取り前の私の励ましの言葉でした。K子さんもWさんも、同じ言葉で私を支えてくれたのです。

点滴を止めてから一カ月余り、アイス・キャンデーやジュース、スイカを少量口にする程度でしたから、これ以上やせられないという姿になっていました。

元気な頃のふっくらとした面影がすっかり消えてしまった夫が、こうも不穏になるのは、六〇数年間争いを好まず、人を恨まず、一歩引いて生きてきた温厚な夫の中に、消化されなかった負の感情が堆積していたのではないか、それを捨てないと重くて天国に行けないのだと、夫の不穏をそのように解釈してみました。

辛い、悔しい思いはこの世に置いて、旅立って欲しい、心からそう思いました。

わたくしは　天国が欲しい
あるものか　ないものか　それをしらぬが
わたしは　どうしても　天国がほしい
わたしも　よいひとであり
あらゆるものは　よいものであり
美わしさは　たべもののように　流れるでしょう

八木重吉詩稿『花と空と祈り』

●家族の感謝の言葉に包まれて

亡くなる三日前も不穏になった夫に、「死ぬのは怖い？」と訊くと、首を横に振りました。もうベッドを叩く力も声も全て使い切ったようでした。

次の日から憑きものが落ちたように安らかになり、問いかければ目を薄く開けて、小さく頷くだけになりました。身も心も軽くなった夫は、全ての苦から解放されたようでした。

一日中、坂本九さんのCDを小さく流し続けました。どうか、私達が出会った頃の夢いっぱいだった時代を思い出しますように、と。

息子達は、仕事の段取りを済ませて夜やって来ました。そしてオムツが汚れる度に、息子が手伝ってくれました。四〇年前は、子煩悩な夫がよくこうしてオムツを替えていたのに……昔の平凡な日々を思い出し、あれが幸せだったのだと、今になって強く思うのでした。孫達もそれぞれのやり方で、おじいちゃんにお礼を伝え、数カ月ぶりに静かな夜になりました。

一五日の夜中は、嫁が私に代わって夫を見守ってくれることになり、私はいつものようにベッドの下の布団に寝ました。全員が揃って安心したせいか、私はグッと寝込んだところを、夫ではなく嫁の声で起こされました。

「お母さん、お父さんの呼吸が弱くなりました」

息子達も起きて来て、「お父さんありがとう」「ありがとう」の感謝の言葉に包まれ、日付の変わった一六日三時二〇分、息を引き取りました。

みんなで髪を洗い、体を拭き、髭を剃って、黄泉の国への旅立ちの支度を整えました。

静まりかえった斎場で

お通夜では、私が参列者の方々にお礼を述べ、夫の病気の経過を説明しました。二人の息子は、父親との思い出や、子どもから見た父親の闘病の様子などを語りました。

みなさん食事を摂りながら、頷いたり、涙を拭いたり……夫の死を悼む人たちだけでしたから、式の進行や内容にとらわれずに、しめやかな中にも、温かな雰囲気に包まれたひとときでした。

私は、在宅でお看取りした患者さんの場合、出来るだけお通夜か告別式に参列し、お別れをしました。そうすることで、気持ちの整理が出来、次の仕事に切り替えられるからです。

斎場では、親族でも友人でもないので、最後列に座るか立ちます。周りの方は、

私が何者かは知りません。後ろのほうの人達は、読経の間小声で近況報告をしたり、なかには
「ウチの息子は、まだ結婚してないんですよ」

「おいくつ？」

「四三歳。どなたか良いお嬢さんはいませんか？」

「ウチの娘も三六歳だけど、全然結婚する気はないみたいで、困っちゃうわね。お互いに」などと話している人達がいて、思わず顔を上げて、隣の方の顔を見てしまったこともありました。かと思うと、ある時はその男性達は、会社の同僚なのでしょうか、

「ヨッ、元気、毎日何してるの？」

「なにもしていないよ、木村さんは？」

「オレは週に三回はパートで働いているよ。小遣いにしかならないけど」

「そのほうがいいよね。オレも女房が働け、働けってうるさくて……オレがいると邪魔みたいで……男はつらいよだよ。まったく」

その時も、顔を見てしまいました。

私は百回以上もお通夜に参列したために、葬儀の現実を知り過ぎてしまったのです。私が描いていたお別れの形は、一〇代、二〇代の若い患者さん達の時に見られました。その時はみんなが同じ色の涙を流して、私語などは全く聞こえてきませんでした。

冠婚葬祭は一種の社交の場と言う人もいますが、せめてお別れは、亡くなった人を偲んで欲しいと、何度も思ったものです。

夫も病院関係の葬儀に行くたびに、私と同じような違和感を持つと言っていました。

夫は、心のこもった自分のお通夜に満足しているのではないか、そう確信しました。

夜、静まりかえった斎場で、私は一人夫の棺の前に座っていました。

発症から一年四カ月。春に始まって夏、秋、冬、もう一度春、そして夏、それだけの季節が移り変わっていたなんて……気づきませんでした。

こういう感覚は初めてでした。そう思って振り返ると一年四カ月があっという間のような、でも最後の二カ月は、出口の見えないトンネルの中で、とても長い月日をもがいていたような気もするのです。

一日が三〇時間にも四〇時間にも感じて、夜が明けないのではと、不安を感じたことさえありました。

この一年四カ月は、今までの六〇数年間の怒り、哀しさ、苦しさを全部合わせても、その何倍にもなるほどの辛い年月だったのです。でも六〇数年間の喜びを合わせても、それ以上の喜びもありました。それは逆転ホームランを打った日です。

足し算、引き算が何十も続いて結果は〇になってしまいましたが、あの日の足し算は断トツだったなと思い返していました。

そして色々なことも……。

患者家族になってはじめて分かること

楽しかったオランダ、ベルギーの旅行から帰国してすぐ発症。スキルス胃癌と転移性肝腫瘍の診断でステージⅣ。手術を希望し転院して手術。予想もしなかった逆転スリーランホームラン。その感動がまだ消えない五カ月後に再発。その三カ月後に肝内胆道閉塞、そしてさらに三カ月後に両側水腎症……。

その間に息子の肺癌騒動まで加わって、考えてみれば決してあっという間ではなかったのです。次から次へと哀しいことが起こっていたのでした。

多くの患者さんが「病気になったら、人生負け」と言いました。「人生を勝ち負けでジャッジするのは哀しい」と、いつも反論していました。

でも入院した次の日、看護師さんの心ない言葉に傷つき、私は初めて、そしてつくづく多くの患者さんが言っていた「病気になったら、負け」を実感したのです。

夫の入院に関しては、がん研有明病院のM先生にお世話になりました。先生とは以前からの知り合いでもあり、夫が勤務していた大学の卒業生でもあったため、S先生のセカンド・オピニオンの件で相談させていただいたのです。

入院翌日「そうだ、M先生に報告しなければ」と思い出し、看護師さんに先生への連絡方法を訊いた時のことです。

「奥さん、ここは病院です。デパートではありませんから、違う売り場のことを訊かれても困るんです。奥さんは洋服売り場でおもちゃ売り場のことを訊いているようなものです」

私はとがめられた意味が理解出来ませんでした。病院がデパートではないことくらい、私だって分かっている!! でも、病棟は違っても先生には内線で通じるではないか!! と怒りは感じましたが、これからお世話になるのだし……と気持ちを抑え、「すみませんでした」と謝りました。夫も「なに、あの態度。がんセンターのナースとは思えない」と怒りながらも我慢をしました。

元気な時は聞き流したり、我慢出来ることも、心身が病んだ状態では人の言動に時には刃を向けられたような恐怖や痛みを感じ、打ちのめされることがあります。「病気になったからこんな目にあって……」と惨めな気持ちになることがよく分かりました。

その看護師さんは後で、「さっきは失礼しました。多分師長だったらすぐ、玉地さんが入院したとM先生に連絡をするのでしょうが、私は先生の病棟で働いたことがあるので、先生がすごく忙しいのを知っていたから……」と、これまたよく分からない言い訳をしながら謝りに来ましたが、私の心の痛みはそう簡単には消えませんでした。

昔、患者の「患」という文字は、心を串刺しにされたという意味ですなんて、患者さんに話していましたが、患者家族になって串刺しにされる痛みを知りました。体験しなくても分かることは、たくさんありますが、負の感情は、やはり体験すると納得出来ます。

でもそういうやりきれなさを和らげてくれたのも、看護師さんでした。夜、優しい看護師さんが担当だと、ほっとしたと夫も言っていました。

昔、相鉄線の電車の中で素敵な言葉を見つけました。たしか眼鏡の広告だったと思います。「技術に心を入れると技になる」というものです。たしかに技を持った人が、人を感動させる作品を作ったり、重い病の人の心に寄り添ったり出来るのでしょう。

勝ち、負けでいえば、家は安らげる場でした。病気って哀しいと何度も思いましたが、「負け」なんていう、どうしようもない感情からは解放されたのです。

●心を開いてくれない！

私達は仕事柄、昔からよく「死」を話題にしました。そして私達には、お手本にする患者さんの死に方があったのです。

二五歳のＫ君。

小さい頃から大学まで野球一色の生活。「家にいたのは食べる時と寝る時だけ。頑丈が取り得の子がまさかこんな病気になるなんて……」と、お母さんは眼鏡をはずして涙を拭きながら、幾度も嘆きました。

Ｋ君の病気は右上腕骨骨肉腫です。大学卒業の少し前から右肩に痛みはありましたが、特に心配もせず岩手県に就職。ところがその痛みは強くなる一方で、不安になって岩手医大病院を受診し、検査の結果は骨肉腫でした。

実家が厚木のため、横浜にある神奈川県立がんセンターに紹介されたのです。主治医は私と昔からの知り合いの櫛田和義先生でした。

この偶然が私の人生に忘れられない温かくて、切ない素晴らしい思い出を作ってくれたのです。

Ｋ君との出会いは、お母さんからの切羽詰まった一本の電話でした。

「年末まで元気にオートバイに乗って夜な夜な遊んでいたのに、年が明けると急に息苦しくなって病院に行って検査を受けたら左肺はほとんど腫瘍に占められて、右肺の下葉だけが機能している状態で、余命は一月いっぱいではないかと……先生はＫには『手術は出来ないけど、とりあえず入院を』って勧めてくれたんです。でもＫは『治療出来ないのに入院する意味はない。家にいたい』って、今は家にいるんですが、苦しそうで見ていられないんです」との内容でした。

「主治医は何先生ですか？」

「櫛田先生です」

「知り合いの先生なので、連絡を取ってから訪問しますね」

櫛田先生の紹介状によると、Ｋ君は四カ月間抗癌剤と放射線治療を受けてから手術。間もなく肺に転移したためにまた手術。結局二年半にわたって四回の手術と抗癌剤治療を繰り返したとのことです。

玄関を入って急な階段を上がると「ここです」とK君の部屋に案内されました。外は快晴なのに部屋は厚地のカーテンをしたままで、隅のほうに大きな身体が見えました。お母さんが蛍光灯をつけると、眉間にシワを寄せたツルツル頭の青年が、布団の上にあぐらをかいて座っています。横には大きなクッションが幾つも重なっていて、平らになると息苦しいので、これに寄りかかって寝るのだなと察しました。

私は自己紹介をした後、いくつか質問をしました。

「息苦しいですか?」

「いいえ」

「痛いところはないですか?」

「ないです」

いかにも煩わしそうに、「早く出て行って」と言わんばかりの表情を見せて、まったくとりつく島がありません。

あと半月の生命……時間がない。とりあえず今日はここで終わりにするか、もっと話すべきかと私は迷いましたが、「待つ」ことにしました。

二度目の訪問の時「二人だけで話をさせてください」とお母さんに頼みました。

「この病気を一人で背負っていくのは重過ぎるでしょう。話せることがあれば話してみてくださいね」

「悩みなんてないですよ。僕は結婚してないし、子どももいないし……奥さんや子どもがいる人のほうが悩むんじゃないですか。僕が死んでも親が少し哀しむくらいなもんですよ」

K君の拒否的態度が私を緊張させ、次の言葉がなかなか見つかりません。そう言えば、お母さんが「Kは一晩中咳をしているんですよ」と話していたのを思い出し、「咳止めは何を飲んでいるのですか？」と質問をすると、彼は面倒臭そうにブロチン液（鎮咳剤）を私に出しました。これで話の糸口が見つかった！　と私は内心嬉しくなりました。K君に何も出来ないまま終わってしまうのではないかという不安で、私は焦っていましたから。

ブロチン液はかなり苦いので、激しく咳き込みながらも飲まない患者さん達がいたのです。

「この薬は飲みにくくないですか？」

「すごく飲みにくい」

「錠剤に変えてみますか？」

一瞬彼が嬉しそうな顔で、

「錠剤もあるんですか？　良かった！」

そこで私はすかさず、

「K君は食欲もないそうだし、ステロイドホルモン剤も試してみませんか。次の日から効く人もいますよ。食欲だけでなく、腫瘍にもだるさにもいいと思うけど……」

「飲んでみます」

「お風呂は？」

「息苦しいので入っていません」

「じゃあ、在宅酸素を入れて酸素吸入しながら入るといいですよ」

「分かりました」

薬の話からやっとわずかな接点が出来てホッとしました。これで何とかなると胸をなでおろしたのに、この貝は口を開けたと思ったらちょっと触れただけですぐ閉じてしまいました。

その後も薄暗くした部屋で、お母さんが運ぶ食事を食べ、尿はポータブルトイレを使い便の時だけ一階に降りて来るという以前と同じ生活スタイルです。そして痛そうで苦しそうなのに、何を訊いても「大丈夫」の最小限の返事だけでした。何が大丈夫なの？　大丈夫じゃないでしょう。あなたの生命の灯はもうじき消えそうなのに苦しいままでいいの？　本当にこれでいいの？　私は心の中でK君に言いたいことを何度も呟いてはいましたが、実際に口には出せません。

思い余って櫛田先生に、電話をしました。

「先生、私はK君を診られないかもしれません」

「エッ、どうして？」

「痛そうで、息苦しそうで色々悩んでいるようですけど何を訊いても『大丈夫』で、とりつく島がないんです。まったく信頼関係が出来ないうちに終わってしまうのではないかと……」

電話機の向こうからいつもの明るい声が返ってきました。

「アハハハ、僕は彼と二年半以上つき合ってますけど、僕にも『大丈夫』しか言わなかったから先生、大丈夫ですよ」

恋人だけに胸のうちを打ち明けて

ああ、私も櫛田先生のようになれたらいいな……と思うのですが、K君を目の前にすると「駄目だ。K君は大丈夫じゃない」と焦るのです。ただ彼の心は闇の中でしたが、薬と酸素の効果は大きく、咳は止まり、食欲も出てご飯も一粒も残さず食べていたようで、身体的には改善していました。

酸素吸入しながらお風呂にも入れるようになりました。このような状態で一月は終わりました。その後も眉間のシワと暗い表情、閉ざした心は変わらず、変わったことといえば身体を動かす時のぎこちない動作で、それは痛みのせいだと察して「胸や背中が痛いんでしょう?」と訊けばやはり「大丈夫です」と応えるのです。

「痛くて夜も眠れないんじゃない?」

「大丈夫です。トコトン眠くなるまで本を読んで気を紛らわしていますから」

私は机の上にきちんとならべられた司馬遼太郎の本に目をやって、

「司馬遼太郎の本ね」

「そうです。僕は小さい頃からほとんど本を読まなかったんだけれど、ある偉い人に本を読まない人間は馬鹿だって言われて、歴史が好きなので、病気になってからこういう本を読むようになったんです。でもこの頃なかなか集中して読めなくて……」

「痛いからでしょう」と、出かかった言葉を飲み込みました。少しだけ心を開いて話をしてくれたのに「だから薬を……」と続ければ、ちょっと開いた貝は、また固く閉じてしまうのではないか。もう少し踏み込むべきか、待つべきか瞬時の判断に迷います。

苦痛を早く緩和してあげたいという私の思いは、いつも彼の「大丈夫」で拒まれ宙に浮いてしまいます。でもいよいよ決断の時が来たのです。

ある日、私を待ち構えていたかのように、お母さんが早口で話し始めました。

「先生、昨日Kのゴミ箱に明子さん（元大学野球部のマネージャーで彼の恋人）に宛てたファックスの紙が捨ててあって、そこに『死ぬのが怖い。明子とキャッチボールをして遊んだ三年前に戻りたい。明子には一番感謝している』って書いてあったんです」と、声を詰まらせながら教えてくれました。

彼はやはり死の恐怖や寂しさを抱え苦しんでいたのです。そして恋人にだけ胸のうちを明かしていたのでした。

私がK君と出会ってもう一カ月。ここまで待った。少し強引でも痛みをコントロールしよう。そして苦痛を和らげ、明子さんや家族と大事に時間を過ごして欲しい。いずれ死ぬにしても、今は生きているんだもの。「大丈夫」と言われても、もう私は引かないと決めました。

数日後、

「K君、この間ナイキサン(鎮痛剤。入院中から服用していました)を九〇〇ミリグラムにしたけど、ほとんど痛みは変わらないって言いましたよね。やっぱりMSコンチン(硫酸モルヒネ)にしましょうよ。痛みを取ったほうがいいと思う」

「大丈夫です。モルヒネはいいです。痛みは我慢出来ますから」

「大丈夫じゃないわよ。いつまでもこの暗い部屋に閉じこもっていては駄目。おてんとうさまに当たらなくちゃ。絶対元気になれる。モルヒネを飲みながら働いている人もいっぱいいるし、車を運転している人もいる。モルヒネを飲んで合わないと思ったら、すぐ止めればいい。とにかく一回試してみて」

今までとは全く違って一歩も引かない私の説得に、ついに彼が折れて渋々ながら試すことになりました。

モルヒネで戻った普通の日々

ぎりぎりまで堪えてきた痛みに、モルヒネは夢のような薬になったのです。彼が想像出来なかった世界が広がっていきました。穴蔵のような自分の部屋を出て一階で家族と暮らすようになり、私が訪問する日は髭を剃って着替えて待っていました。死の淵に立たされていた生命が蘇って、二五歳の明るい青年の顔に戻りました。

ずっと心配し続けていたお母さんは「まさかこんな日があると思わなかった。先生、西行法師だって『願はくは花のもとにて春死なむ』って詠んだでしょう。Kもこんな寒さの中ではなくて、花の頃に逝かせてやりたいって……思います……あとひと月……頑張ってほしい」と、涙を流しました。

北風が吹く寒い日でも、K君は明子さんを連れてがんセンターの仲間とバーベキューに出かけたり、家ではお母さんの趣味の籐で家族みんなでカゴを作ったり……諦めていた一家団欒《だんらん》が再び現実のものとなったのです。

若い頃から哲学や宗教に関心を持っていたお母さんは、嬉し涙を流しながらもいずれ訪れる「息子の死」を忘れてはいませんでした。

K君に写経や写仏を勧め、最期の刻に心の平安さが得られるようにと、少しずつ導いてもいたのです。最初は拒んでいた彼もそれに応えて、幾らか不自由になった手で写経や写仏をしていました。

信じられないような穏やかな日々。でもそれが長くは続かないことを、私も忘れませんでした。K君と明子さんを旅行に行かせてあげてはどうかと、お母さんに提案したのです。

一方明子さんは別の計画を立てていました。K君に花嫁姿の代わりにカクテルドレス姿を見せてあげたいと、K君の両親と四人で熱海に出かけました。残念ながら彼はホテルで息苦しさのため歩けなくなり、とうとう明子さんのカクテルドレス姿は見られませんでした。でもお父さんが撮った明子さんの写真を、嬉しそうに私に見せてくれました。この旅行を境に、病状は下り坂になっていきました。ある日の訪問で、お母さんは私の顔を見るなりK君に向かって「昨日の話、先生に聞かせてあげたら。先生喜ぶわよ」と、何かを促すのですが、彼は照れたように笑うだけです。

「あのね先生、昨日庭で小鳥が綺麗な声で鳴いていたんですよ。そうしたらKが『玉地先生の声みたいだね』って言ったんです。だから明日先生が来たら、この話、してあげたらって言ったのに」と、K君に代わって教えてくれました。あれほど私を拒否してきた彼が……苦痛を除れないまま見送るのかと、私をさんざん悩ませた彼が……胸が熱くなりました。ここに到るまでの何と長かったこと……。

私は数日後にK君に質問しました。今だったら本当の会話が出来るかもしれないと。

「K君のように元気いっぱいだった人が、なぜこんな病気になって死ななくちゃならないのか……理不尽だって思わないですか？」

「思いませんよ。だって年の順に死ぬわけじゃないでしょう。運命ですよ。自然の摂理です」

「自然の摂理」

私が言うならともかく、二五歳になったばかりの青年が今、自分の死を自然の摂理として受け入れようとしていることに、私は彼を抱きしめて一緒に泣きたい気持ちになりました。

●苦しみたくありません！

この年、桜の花が例年になく早く咲きました。そしてお母さんの願い通り日毎に暖かくなって四月を迎えました。K君の食欲や活力はガクンと落ち、息苦しさも以前より強くなりましたが、今までと同じようなゆったりとした時間が流れていました。

そんななか、K君とお母さんとの間では、尊厳死やあの世についてたびたび話をしていたそうです。さらに病状が進むと、彼は私にもこんな質問をしてきました。

「先生、死ぬ時は苦しいですか？　苦しむのは絶対にイヤだと思って……」

どの患者さんにとってもこれが一番不安で、でも一番訊きにくいことだと思います。

「苦しまないように私がこうして毎日来ているんですよ。苦しくないようにするって約束しますすね」

「ありがとうございます」

この日からK君が死ぬまでの一二日間、K君一家と私は殺伐とした世間から離れ、まるで別世界にいるような優しい透き通った時間を過ごしたのです。

亡くなる二日前、お母さんが「昨日は夜中まで二人で地獄とか死とか話し合ったんです。Kが頭がはっきりしているうちに話しておきたいっていうので……」と、面白おかしく内容を教えてくれました。最近いやに地獄の話が多いなと心配した私は、お母さんがちょっと席を立った隙に、早口で彼に尋ねたのです。

「K君、地獄に行くかもしれないって心配しているのですか？　何か気にかかるの？」

「いえ、別に……ただみんな死ぬと天国だ、地獄だとか言うでしょう」

「私はね、地獄はないって思っているの。あれは過ちを犯しやすい弱い人間への戒めだって。K君も心配することはないわよ。K君がもし地獄へ行くようなら、地獄はあふれちゃうもの」

次の日、私が話していると彼はトローリ、トローリと眠ります。でもパッと目を開け「先生が来てくださると安心して、すぐ眠くなるんです。すみません」と、申し訳なさそうに謝るのです。

「そんなこと気にしないでいいのよ。眠ってください」と言って、私は彼の様子をうかがいながら、少しお母さんと話をしました。お別れの刻が近づいているのを感じたのですが、その夜「モルヒネで頭がボーとしている」と言いつつもお父さんと囲碁をしたというのです。日ごろ接触が少ない、お父さんとの思い出も作って、旅立ちの準備完了とでも思ったのでしょうか。

いよいよ「その刻」を迎えました。

日曜日の朝、私はK君のお母さんの電話で起こされました。K君が急変したのです。

朝五時頃、かなり息苦しくなった彼は「お母さん、先生が苦しい時に使うようにと言ってた座薬（モルヒネの即効性の座薬）があるでしょう。アレを使ってみる」と言って、自分で挿入しました。間もなく「ホントによく効く薬だ。楽になった！」と、トロトロッと眠って今また息苦しさを訴えているけれどももう一個、使っていいかという内容でした。

早く行ってあげようと思ったのに、この日は急変の電話が続き、Ｋ君の家に着いたのは午後になってしまいました。途中で携帯電話に連絡がないというのは少しは落ちついたのかなと、気がかりでなりません。

一階の和室に急いで入ると彼はベッドに横向きに座って足を畳に降ろし、上半身を揺らしながら呼吸をしていました。酸素を一分間に二リットル流していても、唇と爪は紫色です。どんなにたくさん酸素を送っても、肺自体が機能していないのです。前日とは全く違った光景でした。

「Ｋ君、苦しい？」と訊くと、彼は頭を横に振ります。数カ月前はいつも眉間にシワが寄っていましたが、それはありません。

「苦しかったら言ってね。薬を使うからね」

苦しくないようにする、という約束を果たしたいと、祈るような気持ちでした。彼は私の言葉に、今度は軽く頷いたのです。

二五歳の青年が見つめた諦観の境地

「私は気が小さいので」とか、「最後まで家で看られるかどうか……」と何度も自信のなさを口にしていたお母さんは、心境の変化かそれとも過度の緊張感のせいか、朝からの様子を落ち着いて話してくれました。それは信じられないほど面白くて、切なくて哀しくて……K君らしい物語だったのです。

K君は二度目の座薬で呼吸困難が楽になると、朝刊を広げて皐月賞の馬券を弟さんに頼みました。それからオシッコがしたいと何とか自分でトイレに行ったもののの、しばらく出なくてドアの外で待っていたお母さんに、

「なかなかションベンが出ないよ。お母さん何か歌って」と、突拍子もないことを言ったのです。

「さくら　さくら……」

「ダメだ。そんな歌じゃ出ないよ。別な歌……」

焦ったお母さんは、とにかく何か歌ってあげなければと、

「あなたの燃える手で、私を抱きしめて……」

「アーその歌がいい。デルデル」と。本当にジャージャーとオシッコの音がしたというのです。

お母さんはだんだん涙声になって、さらに話し続けます。

「夜中に『もし僕の意識がもうろうとして言えなかったら、玉地先生に感謝していたと言って』と頼まれたんですよ」

それを聞いて私は胸がいっぱいになって、

「K君に出会えて本当によかった。神様が私に、この青年の生き方を見なさいって出会わせてくれたのだと思っています。私もK君に感謝していますよ」と、彼の手を両手で握りしめました。そして、

「K君は神様の子だわね」と言うと、照れて小さく笑い、

「先生の…顔…見たら…ホッとして…眠くなって…しまい…ま…し…た」

身体を前後に揺らしながら、途切れ途切れに絞り出すような声でした。

「どうぞ眠ってください。安心して眠ってください」と、私がゆっくり声をかけると、彼は座ったまま眠りに入りました。これが最後の会話になったのです。安らかな眠り顔のＫ君をお母さんと二人でベッドに寝かせてあげました。私が帰った後、お母さんは夕食の準備のため台所とベッドを行ったり来たりしていると、六時頃Ｋ君の呼吸が止まっていることに気がついたそうです。

Ｋ君の顔は約束通りの苦しみのない夢見心地の表情でした。

Ｋ君。万馬券を当てた夢でも見ていた？

私はＫ君の生き方をお手本にするわね。

私は夫にも講演でも、何度もＫ君の話をしました。Ｋ君の人生のしめくくり方を辿ってみると「諦観」というのが、キーワードに思えました。でも、その諦観に到るには上手く心のギア・チェンジをしなければなりません。とはいっても、心のギア・チェンジはそう簡単に出来るものではないのです。

強い信仰を持った五〇代の女性患者さんの心がざわついていた時、「聖書を読んでみてはどうですか」と私は勧めました。

「イライラしている時は、御言葉が伝わってこないのです。穏やかな気持ちの日は、心にしみてくるのですが……私の信仰が弱いからだと、それもまた自分に苛立つ原因にもなってしまうのです」と俯きました。

「ご自分を責めないでください。クリスチャンという人がいるのではなく、人がクリスチャンになるのでしょう。本能が信仰心を曇らせることを、何度も見てきました。強いとか、弱いではなく、それが人間なのだと思います」

第5章　さまざまな逝き方がある

●「おれは入院なんかしねえ」

一方、大袈裟に心のギア・チェンジなどと騒ぐことなく、諦観を得られる人達を見てきました。土と生きてきたお百姓さん達です。その方達は、あまり不安や悩みを訴えることもなく、飄々と最期を迎えたのです。多分、自然の恵みばかりでなく、自然の畏怖を何度も味わってこられたからではないでしょうか。諦観がなければ、自然と共には生きてはいけないでしょう。

七六歳のNさんは広い屋敷の中の平屋に、七〇代の奥さんと二人で暮らしていました。代々続いた農家ですが、子どもさんが外へ出たために、自分達で出来る範囲の農業をしていたようです。

Nさんはいつまでも風邪が治らず、渋々病院へ行ったところ肺癌でした。奥さんは子どもさんと相談して、ご主人には本当の病名は知らせず「じいちゃんは風邪をこじらせたんだって」とだけ、伝えました。その風邪を入院して治すという理由にして、抗癌剤治療を勧められましたが「おれは入院なんかしねえ」と、時々通院することにしました。胸と背中にかなりの痛みがありMSコンチン（硫酸モルヒネ）が処方されるので、通院が必要になったのです。

思ったより衰弱が早くて、何回目かの通院は車椅子になってしまいました。老々介護の大変さを病院の薬剤師にこぼすと、私のクリニックを教えられたそうです。

Nさんは薬を飲んでも治らないどころか悪くなる一方で、食べられない、歩けない、息苦しい、痛い……こういう病状をどのように捉えていたのでしょうか。訪問しても目を閉じていることが多く、自発的には喋りません。普段から口数は少なかったそうですが、奥さんには「オレはもう死ぬからここにおいてくれ」と、言ったと聞きました。

「肺癌と分かったのでしょうか」

「じいちゃんは知らないよ。癌なんて他人の病気だと思ってるから」

「ほとんど何も食べていませんよね。これから先どうして欲しいですか？」

「いいよ、これで。じいちゃんは注射なんか嫌いだし、病院の先生に『もうそんなに長くないよ』って言われたし……」

「他の家族か親戚の方には手伝ってもらえそうですか?」

「子どもは遠いところにいるし、働いているから駄目だよ。親類は年寄りばかりだし……。私はここの親を二人共家で看取ったんだから大丈夫だよ」

「とりあえず、私と看護師は週に一回ずつは来ますね。でも何か変わったことがあったら、いつでも呼んでください。電話番号(自宅と携帯)の紙をお宅の電話のそばに置いてくださいね」

「分かった。ありがたいね」

「ところで病院から出された薬を見せてください。大事な薬なので」

「エエト……どこに置いたかな……あんまり飲んでないよ」

「先生や薬剤師さんから、決まった時間に飲むように言われませんでしたか?」

「言われたけど……じいちゃんが眠っている時間もあるし、わざわざ起こすのも可哀想だから」

「……」

「じいちゃんが『痛い』って言った時は飲ませるけど」

「あの薬は、痛くないように時間を決めて飲むんですよ」と私は言いかけて、半分以上は説明しても、無理かもしれない、と諦めました。

「奥さん、薬を探してください。それからいらないカレンダーとセロテープを持ってきてください。そうしたら私が薬を貼ってあげますよ」

奥さんは広い家のどこかに消えました。しばらくして両手いっぱいに薬の袋を持ってきたのです。薬がきちんと管理されていないのはあきらかです。

「いらないカレンダーはありますか？　裏に私が日付と時間を書いて薬を貼ってあげます。あとセロテープも」

「ああそうだ、そうだ。カレンダーだ」と言ってまたどこかに消えました。戻ってくるまでの長いこと、隣の家にでも行ったかと思うほど待たされました。

ベッドの上のＮさんは眠っているような、いないような。Ｎさんが自分の病気をどう理解しているのか分からないので、私はやたらと質問が出来ません。時間を持て余していると、奥さんがいくつもカレンダーを抱えて現れました。こんなにたくさん必要ないけど……私の言葉が足りなかったと反省しました。

次はセロテープ探しです。私はＮさんの家に来てからＮさんと一言、二言は話しただけで後は何もしていないのにもう二時間。先が思いやられました。私は数

日分薬を貼り、Nさんにカレンダーを見せて、
「薬を決まった時間に飲むと、胸と背中の痛みは楽になるはずです。こうして飲んでくださいね」

薄く目を開けたNさんは「ハイ」とかすれた声で応えました。私は玄関で奥さんに「心配なので往診の帰りに時々寄ってもいいですか」と尋ねると「悪いね。そこまでしてもらって。ありがとね」と快く受け入れてくれました。

●薬も飲まず、治療もせずに……

看護師が行かない日に様子を見ようと、三日後の夜、Nさんの庭に車を入れました。

家の中は気味が悪いほど真っ暗です。玄関で「今晩は」と何度言っても返事がなく、チャイムを鳴らしても出てきません。家の中にも明かりは見えません。二人して……イヤそんなはずはない——と不安になって、玄関のガラス戸に手を掛けるとガタガタと開きました。「今晩は。玉地です」と叫ぶと、奥の部屋に人の

動く気配がして奥さんが数日前と同じ服で出て来て、

「こんなに遅くにどうしたんですか？」

「遅かったですか。ごめんなさい。仕事の帰りなんです」

「ヘエー。こんな時間まで仕事してるんだ。ご苦労さんだね。さあ上がって」

とNさんが寝ている部屋に通されました。

薄ぼんやりしたグローランプの明かりの下にNさんが、そのベッドの下に座布団が二枚。

「奥さんは今どうされていたんですか？」

「寝てたんだよ」

「どちらで」

「ここで」

「布団は？」

「布団なんかいらないよ。座布団で十分」

「夕食は？」

「五時には食べたよ。じいちゃんは、お粥を一口か二口だったね」

「特に変わったことはないですか」

「時々じいちゃん『痛い、痛い』って。やっぱり痛いんだね」

「あの～、薬、ちゃんと飲んでますか？」

「じいちゃんが眠っている時は起こさないよ」

ああ、これってこの間と同じ会話だ。奥さんは蛍光灯をつけるでもなく、別の部屋に移動するでもなく、グローランプの下で話を続けます。これ以上話をしても埒があかないと思い、「ごめんなさいね。起こしてしまって。また明日来ますね」と私は立ち上がりました。

玄関までついて来た奥さんは「鍵なんかかけないから、今度は黙って部屋に入って来ていいよ。私は横になっているけど眠っちゃいないんだから」と見送ってくれました。

在宅医療を始めてから、世の中には色々な家庭があると知って、ちょっとのことでは驚きませんが、夜八時前にグローランプの下で病人と奥さんが小さく固まって寝ている光景はなんとも侘《わび》しく感じ、心が痛みました。でもNさん達には当たり前なのかもしれません。太陽が昇る頃には起きて、沈んだら寝る。昔の農家の暮らしなのでしょう。

Nさんはモルヒネの内服が難しいと私は判断し（現在は貼布薬があります）、持続皮下注入器という軽い機器を使って、塩酸モルヒネの注射液を入れようと思いました。そうすれば痛みのコントロールが出来ます。

翌日その機器を持っていった時、カレンダーをチェックしました。やはり薬を与えていなかったのです。

「Nさん、胸と背中の痛みはどうですか？」

「時々痛いね。夜もなかなか眠れない」

「その痛みを取るために、細い赤ちゃん針を皮膚に刺して一日中痛み止めを入れると、きっと痛みは除れますよ。この機器を枕元に置くだけですから使ってみますか？」

「そうだね。痛みがなくなるんだったら……」

私は前胸部に小さな針を刺し、セットしました。

「また時々様子を見に来てもいいですか？」

「すまないね」と、か細い声で、数日間でまたガクンと落ちたのが分かる声でした。

●死に際は身体が教えてくれる

次の日の夕方寄ってみると、もう奥さんはご主人のベッドの下に横になっていました。座布団二枚をNさんの足元に並べて、ご主人とは反対向きに寝ています。南向きの頭と北向きの頭がふたつ。静かに入っていった私に気づいて「先生、また来てくれたの。ありがとう。ホラこうやって寝ていれば、じいちゃんの顔が見えるでしょう。じいちゃんが死んでもすぐ分かるもんね」

私はビクッとしました。だってNさんにも聞こえるはずですから。

「Nさん、この機器にして痛みはどうですか？」

「良かったよ。昨日から全然痛くない」

「良かった。夜も眠れましたか？」

「ゆんべは初めてぐっすり眠ったよ」

今まで眠れないほど痛かったのだ。やはり目をとじていたのは、眠っていたのではなかったのだと分かりました。私は主に奥さんの話で判断していたので、Nさんの痛みを把握していなかったのです。

帰る時奥さんに、

「ご主人は奥さんの話全部聞いていますよ。『死ぬ、死ぬ』ってご主人、気にしませんか？」

「じいちゃんが言ったんだよ。『オレそろそろ死ぬ』って。『病院に連れて行かないでくれ』って」

「じゃあ、肺癌って分かったのですか」

「それは知らないと思うよ。自分のじいさんもばあさんも食べられなくなって自然に死んだからさ。自分も同じだと思ってるんじゃないの」

なるほど……昔の人の死の形はそうだったのだ。病名などに関係なく「死に際」を身体が教えてくれると信じる古人の知恵に脱帽しました。私はこのご夫婦が何だか愛しくなって、度々往診の途中や帰りに顔を出すようになりました。

ある日玄関を開けるとプーンと臭います。衛生管理の悪い老人ホームのあの臭いです。

南の広い縁側に布団が干してあって、それが臭いの元だと分かりました。奥さんは「じいちゃんのオシッコが多くて、布団に染み出しちゃうんだよ」。看護師から奥さんにオムツのあて方を教えても上の空で、いつも自己流でやっていると聞いていたので、サポート態勢を再検討しなければと思いました。

「奥さん、もっとヘルパーさんの回数を増やしませんか。奥さんも大分疲れがたまったでしょう」

「大丈夫だよ。人が入ると気を遣うし……私はここの親を看取ったから慣れているんだよ。あの頃は家族全部のご飯を作って畑もやって。そりゃ大変だったけど、今はじいちゃんと二人だもん、楽だよ。自分のやり方でやってるほうが気が楽」と、遠回しに教えられることへ拒否反応を示しました。

自然の流れに任せた最期

在宅医療には病院と違った難しさがいくつかあります。その一つがこちらが「もっと楽に」「もっと快適に」と方法を提案しても、患者さん側が拒めば強いることが出来ないというもどかしさです。治療に関しては、少し強く勧める場合もありますが、生活習慣となると「小さな親切、大きなお世話」になってしまうのでは……とこちらが引いてしまうのです。

数日後もまた例の臭い。布団が干してありました。そのうち、尿の臭いだけでなく奥さんの横に行くと汗のような、饐《す》えたような臭いがするようになりました。よく見るといつも同じ服を着ているのではと、気になりました。

一人介護なので、安心して入浴も出来ないのかもしれません。

「今日は私がご主人を見てあげますから、ゆっくりお風呂にでも入ってください」と勧めました。

「先生、人間はアカでは死なないの。じいちゃんがいなくなったらゆっくり入るから大丈夫」

もしかしてこの奥さんは何カ月も入浴していないのかもしれない……でもいいか。本当にアカでは死なないんだからと、それ以上は勧めませんでした。人も色々です。

Ｎさんの痛みは消えたものの、身体は一まわりも小さく縮んで老衰のように静かに、自然に亡くなりました。日本人の昔の死に方を見せてもらいました。

逝く人も、見送る人もいやに穏やかで流れに任せた最期でした。

　こうして一カ月の訪問診療は幕を下ろしたのです。


　数年たってから、ふと思ったことがありました。もしかすると、Nさんの奥さんは軽い認知症だったのではないか。そう考えると全て合点がいくのです。もしそうだったとすれば「あっぱれ」としか言いようがありません。

「死の姿」は見る人の立ち位置によって異なると思います。それは富士山と同じです。箱根や平塚から見る富士山は、女性的で優雅ですが、富士市や富士宮市の近くからではがっしりと男性的に見えます。

　いざ富士山に登ると、上のほうは石や岩がゴツゴツしているとか……本物の富士山に入れば、もう美しい、あるいは勇壮な姿は見えないわけです。「死の姿」も、元気で健康な時に考える死、親族や親友を失ってより身近に哀しさを思う死、そして自らが死と向き合った時に、痛みを伴う寂しさや苦しさを感じる死があると思うのです。

死を目の前にした時、考えたり、思ったりしてきた以上に、険しい、恐ろしいものを感じるかも知れません。その道を歩く人のみが見る風景です。そして、いつか必ず私も一人で歩かなければならない道……。

そう考えると、心のギア・チェンジが出来なくても、諦観が得られなかったとしても「That is life」（人生はそういうもの）と肩の力が抜けて素直な気持ちになりました。

夫の心が二カ月間さまよったことも、「なぜ」と問うのは止めて、それもまたThat is life と考えられるようになりました。

思い出の曲で見送りたい

棺と向き合って、色々なことを思い出したり、考えたりしていると、長男が起きてきました。午前四時でした。交代するから少しでも横になるようにと促されて、布団に入りました。ウトウトすると、みんなの動き始めた音で、目覚めました。

長男が私の姿を見ると、すぐ、

「お坊さんのお経がないので、時間が余るでしょう。火葬場は順番だから、早く行っても仕方ないし。それで考えたんだけれど、『見上げてごらん夜の星を』をみんなで歌ってお父さんを送るのは、どうかな」

「たしかに、いいかもしれない」

「うちの子ども達が前に並んで、ゆづきが指揮をするの」

「ゆう君はするかな……」

「僕がさせる。おじいちゃんのためだからって」

私はさっそく斎場の責任者のSさんに相談しました。Sさんは、私が看取った患者さん達をよく憶えていて「ホラ、Kさんもお仲間がハーモニカで送ったでしょう。すぐ歌詞のコピーを用意します」と言ってくれました。

長男は、どこかでゆづきに特訓をしていたのでしょうか。慌しい朝になりました。

全員が揃ったところで、私は「見上げてごらん夜の星を」は、私達が初めて二人で観た映画であることを打ち明け、今日はその思い出の曲で、夫を見送らせて欲しいとお願いしたのです。

棺の前に、三人の孫が並びＣＤの曲に合わせて、ゆづきが指揮を始めました。

見上げてごらん夜の星を
小さな星の　小さな光が
ささやかな幸せをうたってる
見上げてごらん夜の星を
ボクらのように名もない星が
ささやかな幸せを祈ってる
手をつなごう　ボクと
おいかけよう　夢を
二人なら
苦しくなんかないさ

お父さん聞こえましたか
お父さん見えましたか
ゆづきの指揮と、三人の孫が歌う姿を。

まとまりのない言葉が頭を占めて

夫の葬儀が終わった夜は、次姉が泊まってくれました。私の隣、夫が寝ていたベッドに姉が寝ました。日頃アルツハイマーのつれあいの世話をしている姉は、疲れきっているせいか私と数語喋《しゃべ》ったあと、スースーと寝息をたてて眠ってしまいました。

私も体の芯は疲れているのに、なかなか眠気は訪れません。かといって頭が冴えているわけでもなく、暗い頭の中で映像ではなく、言葉だけがニュルニュル動き回っているのです。その言葉もまとまりがなく、私は何を考えようとしているのか……両腕を組んで額と目の辺りに乗せて、言葉達を遮《さえ》ぎろうとしましたが、断片的な言葉が右に行ったり、左に行ったり……夫との楽しかった暮らしを思い出そうとしても、映像化されないのです。

精神状態が、黄色信号を出しているのかもしれないと思いました。夫の昼夜逆転と不穏、そして看取りで、長いこと睡眠不足が続いたせいか、体重が七キログラム以上落ちて体力・気力も弱くなっていましたから、精神状態が正常のはずはなかったのです。

私は意味のない言葉が頭の中でゴチャゴチャするのをどうすることも出来ず、それならば階下に降りてお骨と遺影の前で泣いていればいいのに、それも出来ずに何度も寝返りを打ちながら、ラジオの時刻を見ては「もうすぐ夜が明ける。明るくなる」と、五分、一〇分が経つのを長く感じながら、とにかく夜明けを待ちました。

でもいつの間にか眠ったようで、隣の姉が目覚めた気配を感じて起きました。姉は「眠れた？　ごめんね。私、すぐ眠っちゃったでしょう。今夜から一人になるけど大丈夫？　パパのことがなければ、もう少し泊まってあげられるんだけど……」と、私を気遣いながら帰って行きました。

一人では生きていけない

私は初めて一人ぼっちになりました。夫が当直や学会で留守にした時も一人でしたが、だからといって寂しくて眠れないということはありませんでした。でも、もう夫は「ただいま」と帰ってくることも、一緒に食事をすることもなく、本当に一人ぼっちになってしまったのだと思いました。

しばらくは単身赴任をしていると思うのも一つの案かなと考えましたが、電話で声を聞くことも週末に帰って来ることもないのだから、その案では納得出来ませんでした。では……と、いくつも寂しさを和らげる方法を考えましたが、どれも心にストンと落ちるものは見つかりませんでした。

寂しさからの逃げ道を探しているうちに、とうとうブラックホールに落ちてしまったのです。「一人では生きて行けない」と。

夫は生前、生活能力の乏しい私が一人で暮らすのは難しいと心配していました。

「僕がいなくなったら、君はどうやって暮らしていくのか」

「仕事を辞めたら生き甲斐を失くして、引き籠ってしまうのではないか」

「早々と認知症になるのではないか」

「すぐ他人を信用して騙されるのではないか」

「転んで、まず骨折するのではないか」

私はその一つひとつに「大丈夫だから」「気をつけるから」「人を見たら泥棒や詐欺師と思うから」などと、口では強がっていたのですが、現実に一人ぼっちになってみると、夫が心配していた通り寂しさと心細さで「一人では生きていけない」と、悲観的になってしまいました。


私はパソコンを使ったことがなく、夫が代理でやってくれましたし、ときおり使う小田急線のロマンスカーのチケットでさえ、夫が携帯電話で予約をして座席番号を書いて渡してくれたのですから、まるで子どもでした。あまりにも夫に依存し過ぎていたのです。

私は生来機械音痴でした。昔、新幹線を乗り換える時、駅のプラットホームの公衆電話を使おうとして、テレフォンカードを入れましたがすぐ戻ってきてしまいます。またやり直しても……何度もくり返していると、後ろに並んでいた男性から「カードが違うんじゃないですか」と言われて、カードを見直すと何と銀行のカードでした。

気づかされた時には発車時刻のベルが鳴り、慌てて車両に走りました。私も含めて後ろの人達もみんな私のために電話が使えませんでした。自分の不甲斐なさに泣きたくなったものです。

一時が万事間が抜けている私が、夫より優れていたことは、掃除、料理などの家事一般と痛みのコントロールくらいでした。そんな私がこの先どのように暮らしていけば良いのか自信がなく、一日中遺影の前と食卓を行ったり、来たりしながら過ごしていました。

結局その夜も眠れず、またも暗い頭の中で、連続性のない言葉に翻弄されて夜を明かしました。食事、洗濯、入浴と、いつも通りの暮らしを再開してもその実感がなく、一種の虚脱状態でした。

でもその日は室内を歩き廻るのは止めて、遺影の前に座って優しく微笑む夫の顔を見ていると、夫の心配する声が聞こえてくるような気がしました。「このまま寂しさに浸っているだけでは、私が壊れてしまう」という感覚が現れて、夫と自分に対して「今日から少し頑張ろう！」と声を出して、小さく宣言しました。

時の力

この世の中に
神というものが実在するのかしないのか
それは僕にもよく分からない
ただ言えることはね　君
神のような力をもったものはたしかに存在する
それは時さ
時の経過のもつ神秘な力さ
耐えがたい苦悩と悲痛も
時の経過だけがそれを和らげ
癒してくれるのだ
よきにしろ
あしきにしろ
一応の結着をつけ

不思議な追憶の美化作用で粧ってくれるのだ
時の経過のもつ神秘な治癒の力
その力を信じて
暫しこの身を病苦の跳りょうに委ねることにしよう

『詩集　病者・花』「細川宏遺稿詩集」（現代社）

●いつかは哀しみの人に笑いが戻る

多くの遺族の方達は、泣きながらも前に歩いていきました。あの方、この方の後ろ姿を思い出しながら、私も半歩でも一歩でも前に足を出そう。身近にお看取りの先輩がたくさんいましたので、心強さはありました。

私の患者さんが亡くなった後、家族に「泣きたい時は堪《こら》えずに泣くといいですよ。日にちが薬ですから。いつか『時』が哀しみを和らげてくれるでしょう」と、言ってきました。

年齢、性別、家族構成、死別した人との関係の深さ、発症からお看取りまでの期間などで、哀しみの大きさや回復までの期間は異なってきますが、私が知る限りみなさん、歩きながら立ち直っていきました。

ある日、数年前にお看取りした患者さんの奥様に偶然出会いました。私は特に意味もなく、「お元気そうで何よりですね」と声をかけたのです。奥様は、ちょっと照れたように「本当にお恥ずかしい限りです。先生にいつか謝らなければと思っていたのですが……丁度良かった。今、お時間大丈夫ですか？」と訊かれて、私達は道路の端のほうに寄って、立ち話を始めました。

「先生は私に、『時の流れがいつか哀しみを和らげてくれますよ』と言われましたね。あの時私は『この哀しみが時になんか流されるものですか。私の哀しみなんか誰も分からない』って心の中で反発したんですね。本当に哀しかったのです。テレビで馬鹿騒ぎする番組はチャンネルをすぐに変えたり、笑いながら楽しそうにお喋りしている人を見ると『いつ不幸が押し寄せるか分からないのに』なんて、今思えば意地を張って、笑うことも元気になることも拒んでいたんですね。でも一年経ち、二年経ち友達が食事や旅行に誘ってくれて、出かけるようになったら、知らないうちに私、笑っていたんですよ。

まだ完全ではないですけど、元気になりました。先生はたくさんの人を看取っているから、先のことがよく分かっていたのだなって思いました。

あの時は、素直に受け止められなくて……やっぱり時間ってありがたいなって思いました」と、数年分の思いを話してくれました。「それだけご主人様のことを愛していらしたんですよ」と私も話して別れました。

その打ち明け話を聞いて、「時」に抗わなければ長い短いはあるにせよ、いつかは哀しみの人にまた笑いは戻ってくると、再び確信出来たのでした。

二日間もがいてやっと「日にち薬」を思い出せたのです。きっと「時」が今の私の哀しさも寂しさも和らげてくれると。

そしてこの寂しさと共存して生きて行こうと思い直せたのには、理由がありました。

私達の住み慣れた家で、私が夫を看取ったという充実感というか納得感です。心身ともに疲れ果ててましたが、やり抜いたという気持ちが私を再び立たせてくれたのだと思います。

●在宅での看取りの充実感

在宅での看取りは涙だけでなく、汗を流して苦労した分、介護した家族には達成感が残り、躓《つまず》きながらも上手に生き直していけるのです。私には宝物のような思い出がたくさんあります。

かつて、二五人の遺族と私とで編んだ本『在宅死――豊かな生命《いのち》の選択』（講談社）の中で、何人かの遺族がお看取りの体験をこう述べています。

- 三五歳、Hさん、夫は肺癌
  自分達の力で主人を看取ったのだという自信と満足感でいっぱいです。ほとんどの人が病院で亡くなる時代にほかの人には経験出来ない、とても貴重な体験をしたという満足感もあります。
- 四五歳、Yさん、夫は肺癌

主人の看取りについては私なりに全力投球をしたつもりです。きっと主人も満足してくれたと思います。ですから世間一般で「死別は思い出がいっぱいあるから辛い」と言われますが、私が冷たいのか充足感が大きく、主人がいなくなった寂しさが未だにありません。夢の中でも二回しか会いに来てくれないのです。

・六二歳、Kさん、夫は肺癌
私達家族は悲しみはあっても、暗い気持ちにはなりませんでした。

・六二歳、Oさん、夫は膵臓癌
自宅での自然のままの看取りは充実感があり、最高の死に様だと思いました。

・四四歳、Sさん、夫は胃癌
夫の死は在宅医療を始めてわずか二週間足らずでやってきました。短い間だったので夢中なだけで終わったのかもしれませんが、七年間の闘病の末にこの二週間があったから今、私は立っていられるような気がします。

・三九歳、Ｋさん、母が卵巣癌・胃転移
半年間心の準備も出来、なにより私自身の手で最後の瞬間まで見送ることが出来ました。

人の死を見たことがない若い人達でも、無我夢中で看病し、お看取りの後に秘めやかな達成感を持ったり、夫婦関係があまり良いとはいえなかった何人かも、汗を流したことで最終的に優しい気持ちでお別れが出来たというのは、在宅医療の素晴らしさではないでしょうか。

ききょう（さみだれききょう）

ききょうの花がひっそりと静かに咲く
その淡い紫の五弁の花を
病床の僕は黙ってみつめる

長い無言の時が過ぎる

ききょうの花が
愛情のこもった口調でそっとささやく
いたわりと励ましの言葉である
「勇気を出しなさい
へこたれてはだめですよ
さあ元気を出して　元気を出して」
僕はちょっととまどって眉をひそめ
やはり黙ったまま
今度は少し照れて顔をしかめる
静かな安らぎと憩いがその心をみたしている

ききょうの花は相変わらず
ひっそりと静かに咲いている

『詩集　病者・花』「細川宏遺稿詩集」

煩雑な事務手続き

翌日から気持ちを切り替えました。朝、霊前の夫にご飯とお茶をあげてひとしきり話したり、報告したり……新しい生活が始まりました。数日経つと泣きごとも加わりました。ある遺族の方から、亡くなった人にお願いごとや愚痴を聞かせるのは良くないと言われたのですが、私はいちいち息子や知り合いに電話をして泣いたり愚痴ったりが出来ないのです。夫に聞いてもらうのが一番安心でしたから、毎日勝手に思ったことを喋っていました。

そしてさまざまな事務手続きも始めました。生前夫がまとめてくれた資料を広げて「要連絡」の所には夫が死去したことを知らせ、「要手続」の所には電話をかけて必要書類を送ってもらうことにしました。夫が全て電話番号を書いておいてくれたので助かりました。

最初の一週間は朝から夕方まで電話の受話器を左耳に当て、右手で一所懸命メモを取り続けたので、とうとう左耳に受話器が触れるだけで痛みを感じるようになってしまいました。

一家の主がなくなるとこんなにややこしいとは……昔遺族の方から「先生、主人がなくなって一カ月は市役所、銀行、司法書士さんの所を廻って書類を作るだけで、哀しんでいる暇はありませんでした」と聞いた時は少し大袈裟にも思いましたが、実際にはそれが現実でした。

次々に届く書類は全部小さな文字で、見なれない単語が並び理解出来ません。そのたびに夫に「憲法じゃないのに、こんな難しい単語を使って」「国やお役所は高齢者に優しい社会を目指すなんて言っているけど、こんな小さな文字は見えないし、言葉は難しいし……年取ってから未亡人になった人はどうするの？」と半ベソをかきながら怒っていました。

何を言っても怒っても、夫は返事をしませんし、手も貸してくれません。ついに長男に「難し過ぎて出来ない」と弱音を吐いたところ「お母さん、分からなかったら電話をして書き方を教われればいいでしょう。一日何回でも電話をしていれば出来ると思うよ。今はそれが仕事だと思ってやれるだけやったら」と言われました。ああ、夫と息子の違い……これが「老いては子に従え」の始まりでした。

仕方なくそれからは右耳に受話器を当て、頭を下げながら「お忙しいところ済みませんが……」「たびたびのお電話で済みませんが……」と電話をかけ続けました。でも私の能力では到底歯が立たず、五ミリ以上にもなるさまざまな用紙の束を抱えて、市役所に相談に出向きました。

担当の若い女性は手際よく分別し、それぞれをていねいに説明しながら必要な個所には、鉛筆で書き入れてくれました。何と私に二時間以上もかかってしまったのです。他の職員も咳払いしたり、睨んだりすることもなく、私だけが時計を見ながら気が気ではありませんでした。

最大の問題は、四カ所に提出する年金の書類でした。夫の資料の中で唯一不手際があったため暗礁に乗り上げて頭を抱えている時に、たまたま夫の弟から電話があって、事情を話すと、世の中に社会保険労務士という職種があることを教えてくれました。最終的に専門家に頼んで、一番大きな荷物を降ろすことが出来ました。

●夫の優しさがあってこそできた仕事

専門馬鹿というイヤな言葉がありますが、七〇歳近くまで何も知らずによく生活出来たなと呆れることばかりでした。

この年金手続きと同時進行で、ゆめクリニックの廃院手続きも行いました。私にとってはこれも煩雑ではありましたが、それよりも心に痛みのような寂しさを感じました。私のクリニックの最後の患者が、大切な伴侶になったのですから無理もないことでした。でもなるべく感傷的に考えずに、何事も始まりがあれば終わりがあるのですから、私が元気なうちに夫を見送り、それでクリニックを閉じることになっても後悔しないと決めました。

周りからは「もう一度再開しては」という声もありましたが、二四時間態勢の仕事は夫がいなくては出来ないハードなものでした。

お看取りが続いて疲れで体が動かない時、夜中にかかってきた患者さん急変の電話にも、どうしてもベッドから起きられずにグズグズしていると、夫が先に立ち上がって「ホラ、起きて、送って行くから。患者さんが待っているよ」と言って、私の腕を引っ張ってくれました。

三九度の発熱があり、解熱剤を飲みながら訪問を終えて帰った夜も、隣町の患者さんがいよいよ亡くなりそうという連絡があり、その時も私を車に乗せて連れて行ってくれました。お看取りと、その後の旅立ちの仕度で三時間以上も車の中で待っていてくれたのです。

夜中や明け方のお看取りも多く、そういう時は私が帰宅する頃には、いつもお風呂を温めておいてくれました。私は夫の優しさに守られていたから、患者さんにも優しく出来たし、頑張れたのです。

離婚して一人暮らしの女性患者さんにある日、「先生みたいに幸せな人に、私達のような不幸な患者の気持ちは分からないと思う」と、怖い顔で言われたことがあります。

私は静かに、でもはっきり言いました。

「もし私が夫婦関係が悪かったり、家庭でイザコザを抱えていたら、患者さんにどっぷり向き合うゆとりはないと思います。仕事に集中するためには、自分の家庭を安定させることが大事だと思っているのですよ」と。

夫を良く知っていた患者さんは「ごめんなさい。意地悪を言って。私がイライラして先生に八つ当たりしても、先生が優しくしてくれるのが時々腹が立って……先生だって怒ればいいのにって思ってしまうんです。ご主人が優しいから先生は余裕があるんだなって……私の妬みです」と泣きながら謝ってくれました。私はこの患者さんの言うように、夫の庇護の元で夢を追い続けることが出来たのです。

夫なしのゆめクリニックは考えられませんでした。

厚木の保健所に廃院届の書類を持っていった時も、担当の二人の女性が「本当に辞めてしまうのですか。ゆめクリニックがなくなるのは私達も残念に思います」、と三階から一階の出入口まで送ってくれました。この時は私もさすがに、涙を堪えることが出来ませんでした。

一般の市民には、存在すら知られていない小さなクリニックを、大切なものと見ていてくれた人達がいたということが、有終の美を飾れたようで感慨無量でした。夫が生きていて、この言葉を聞いたら……私のように派手には喜びませんが、多分こういう顔をして誇らしげに思うだろうなと想像が出来ました。

家に戻るとすぐ写真の前に座って「地域の人に惜しまれながら辞めることが出来たのは、お父さんのお陰です」と聞かせてあげましたが、いつもと同じ微笑んだ顔でした。

哀しさは「時」が優しく包んで少しずつ小さくしてくれるものと思っていましたが、一連の手続きの中で「人」もまた哀しさを和らげてくれるのだと、気がつきました。

生き直すエネルギーを蓄える

夫が亡くなって間もなく、大きな台風が接近した時もそうでした。遺族の方から、「懐中電灯と洋服をベッドの近くに準備しておくといいです。何かあったら主人が行きますから安心してください」とメールが届きました。そして夫の弟からも「大きな台風が近づいているけど、大丈夫ですか?」と電話がありました。私は一人で暮らしているけれど、もう一人ぼっちではないと感じられるようになりました。一日一日がやわらかに私を癒してくれていたのです。

そしてもう一つ、思いがけない「人の力」が私を元気づけてくれました。弔問客の方々です。夫や私の患者さんや遺族、さらに長年ホスピス研究会で一緒に活動してきたがんセンターのスタッフの方達です。みなさんと顔見知りでしたのでとくに気を遣うこともなく、一杯のお茶で何時間も泣いたり笑ったり……ある時は賑やかに食事をして、お喋りをして。

実は、私の遺族の中で何人かは家族葬を行ったのですが、本当のお別れが出来て良かったという満足感の一方、その後数カ月にわたってポツリポツリと弔問に来られる方への接待に疲れて、体調を崩した方もいました。私も家族葬に決めた時から、その短所を受け入れる覚悟はしていたのですが、それは杞憂でした。気心の知れた人達とのやりとりの中で、知らず知らずの内に哀しさが和らぎ、生き直すエネルギーが蓄えられていった気がします。

でも一筋に回復できたわけではありません。元気な頃には全く気にもとめなかったことが、哀しさの落とし穴になったのです。

夫を見送って一カ月後、私の兄が亡くなりました。その葬儀の帰りは荷物が増えて、片手に着替えを入れた大きなバッグ、もう一方に紙袋、そして肩からはショルダーバッグ……小柄な私は、荷物にまつわりつかれた格好で、新宿駅構内を歩いていました。

夕方の駅は人にぶつかりながらでも足早に進む人達がいて、あちこちから押される手荷物のために、何度転びそうになったことか……夫が生きていれば絶対こういうことはなかった、必ず大きい荷物は持ってくれたから、とだんだん哀しくなって、涙ぐんでしまいました。でも両手に荷物でその涙さえ拭くことが出来ません。

ロマンスカーのチケットは、自動販売機の前に並んだもののやり方が分からなくて、結局カウンターに行って購入。一人で生きて行くということは、こういうことだから、強くならないと、と自分を鼓舞して、やっとロマンスカーに乗り込みました。私の座席の隣は四〇代とおぼしき男性で、すでにおつまみを食べながらビールを飲んでいました。よく見る光景です。それなのに私は床に荷物を置いて座ったとたん、また涙が流れてきて、急いで汗を拭くような振りをして、顔にハンカチを当てました。

このロマンスカーで夫は通勤していたのだ、世の中にはこんなに元気が溢れているのに……と理由にもならない理由で、ただただ哀しくて涙が止まらないのでした。兄の葬儀ですから仕方がないことでしたが、遠出するには早過ぎたのだと思いました。

もう夫と一緒に歩くことはない

別の落とし穴は身近にありました。わが家の周りは自然に恵まれ、道路も整備されているためご夫婦でウォーキングしている姿をよく見かけるのです。私達は忙しくて二人で散策することは滅多にありませんでした。でもいつかは出来ると思っていたのです。

「仕事を辞めたら○○しましょう」が私達の口癖になっていました。

仕事で走り回っている頃は、ご夫婦のウォーキング姿を視野に入れるだけで、なんら感情を伴うものではありませんでした。でも事務手続きでたびたび外出するようになってから、今まで気にならなかった日常の光景を見ると、私はもう夫と二人で歩くことは出来ないという思いがこみあげてきて、哀しくなってしまうのです。二人の時間をもっと大切にすれば良かったと、仕事を最優先にしてきたことを後悔し、夫も本当はこういう普通の生活をしたかったのではないか、とここでもまた泣けてしまうのでした。

私は遺族の一人、Tさんに訊いてみました。

「Tさんは他のご夫婦が一緒に歩いているのを見た時、哀しくなかったですか？」

「私はね、素敵なご夫婦を見ると羨ましくて哀しくなったけど、そんなに素敵なご夫婦って少ないですよ」

「なるほど、素敵なご夫婦を見た時だけですか……」

私はTさんの珍しい考え方に少し驚きながらも、確かに世の中には形だけの夫婦という方も少なくないので、妙に納得しました。車の窓越しに見るご夫婦を素敵かどうか判断するのは結構難しくて、いつの間にか哀しさがまた一つ消えました。一人暮らし八年のTさんの魔法のような助言に救われたのです。

Tさんにはもう一つ助けられたことがあります。

Tさんのご主人も六三歳でスキルス胃癌で亡くなりました。まさに相思相愛の素敵な芸術家ご夫婦でした。亡くなる時もTさんはご主人が寝ているベッドの端のほうに横になり、ご主人が好きだったというルイ・アームストロングの低い歌声に合わせて、子どもを寝かしつけるように右手でご主人の胸を軽く叩き続けていました。映画の一シーンを見ているようでした。本当かどうかは分かりませんが、二歳で出会ってずっと好きだったとか……。

ですからご主人が亡くなった後のTさんの悲嘆は大きく、深く、そのために不眠症になって私の患者さんになったのです。

私の夫がスキルス胃癌と知ってTさんは「先生、どうして優しい人ばかりがスキルス胃癌になるのですか？　知り合いのご主人も、とても優しいのですがやはりスキルスですって」と言われ、私は「本当かな……」とTさんが帰った後、亡くなった人達の記録をチェックしました。

残念ながら奥様を困らせた患者さんも含まれていました。夫にもいつも言われていました。「君が言う『みんな』はせいぜい二、三人でしょう」と。Tさんも同じだったのかもしれません。

夫を在宅で見送った後は、クリニックを閉じるので転院先を探しておいてくださいと、そのＴさんに告げた時のことでした。

「先生、六〇代で男先生（Ｔさんは夫をこう呼んでいました）を失くすのは、とても哀しいことだけれど、今で良かったと思うのです。七〇代後半や八〇代で一人になったら、もう人生をリセットするエネルギーはないかもしれません。六〇代ならまだ新しいことにチャレンジ出来る。先生、年齢的には良かったのですよ」と励まされました。

未亡人になるタイミング……グッドタイミング……。

夫は近い将来亡くなる人ではありましたが、その頃はまだなんとか仕事もしていました。たしかに私は寡婦予備軍ではあっても、それを決定的に言われて一瞬「エッ」と思いましたが「なるほど、そういう考え方もあるのだ」と受けとめました。

でもこの言葉を他の誰かに言われたら、どうだったのでしょうか……この直截的で現実的な励まし方は、Ｔさんだったから「なるほど」と受けとめられたのかもしれません。

Ｔさんはご主人をこのうえなく愛し、ご主人が亡くなった後も数年、哀しみ苦しんだのです。そのプロセスを見てきた私は、Tさんの言葉に「本当」を感じました。Tさんがたいした看病もしないでさっさと元気になっていたら、私はただ夫婦関係が悪かった人の冷たい励ましとして聞き流したでしょう。

何歳くらいで体力・気力が衰えるかは、個人差が大きいと思いますが、たしかに七〇代後半では哀しみから立ち直れないうちに認知症が始まってしまうかもしれません。気力があっても体力が伴わないかもしれません。そう考えると、突飛とも思われるTさんの言葉には一瞬ドキッとさせられましたが、遺族ならではの有意義な励ましでした。

第6章　哀しみの回復途中

●私に「頑張れ」と言ってください

言葉というのは不思議なもので、内容の善し悪しは誰から発信されたのか、つまり言った人と聞いた人との関係性で変わってくるのだと思います。最近は悪者にされている「頑張れ」という言葉もその一つではないでしょうか。

昔、ホスピス病棟で働いていた時のことです。

四〇代の胃癌のMさんはなかなか現実を受け入れられず、怒りが収まらない時はご主人を罵倒したり洗面器を投げたりすることもありました。私達スタッフにも頑なでとりつく島がありません。

このままご夫婦が永遠に別れるのは気の毒だと思って、私は病棟の仕事を終わらせてから夜、この患者さんのための時間を作りました。腸閉塞状態で飲んでも食べてもゲーゲー吐いていたMさんの背中をさすりながら、とりとめのない話をしました。

最初はほとんど喋らなかったMさんが日を重ねるうちに、子どもさんや仕事の話をするようになりました。そしてある夜、

「先生は独身？」

「いいえ、結婚しています」

「子どもさんは？」

「二人、大学生と中学生です」

「じゃあ、食事の用意は？」

「私が遅い日は、主人がしてくれます。お料理は苦手だからほとんど焼肉にするようですけど」

「先生は恋愛結婚？」

「そうですけど、Mさん達は？」

「私達も恋愛結婚です」

こんなやり取りをしてからMさんは少しずつ心を開き始めました。私の話にケラケラ笑うことがあって、隣のナースステーションにも聞こえたのか、ナースが驚いた顔で入ってきたこともありました。そのMさんが衰弱してベッドから降りられなくなった時、「先生、頑張れって言って、私に頑張れって言って……」と、か細い声で繰り返したのです。

やはり四〇代の乳癌のIさんもそうでした。乳癌が広がって癌の鎧をつけたようになったIさんは、「私はここに、死ぬために来ました。もう限界なのです。頑張れません。できるだけ苦しまないで死にたい。それが私の最後の望みなのです。よろしくお願いします」と頭を下げました。淡々と、でもはっきりとした意思表示をされたのです。

ここに至るまで、どれほどの苦しみを味わってきたのかと、その強い言葉から感じました。Iさんは長い闘病生活の中で「頑張って」という言葉が一番嫌いになったと話してくれました。「私の辛さも分からないで誰も彼もが『頑張って』『頑張って』と言うでしょう。『頑張って』を聞くとイライラします」と。

私は患者さんに「頑張って」とは言いませんが「一緒に頑張りましょう」とよく言っていることに気づき、Iさんの癌の状況からはその言葉も控えなければと思ったのでした。でもIさんもまた私に「先生に頑張れって言われたら、頑張れるような気がします。もう少し頑張ってみます」と思いがけないことを言いました。

私は戸惑いました。「Iさんは『頑張って』が嫌いな言葉でしょう。それでも私に『頑張って』って言って欲しいと思うのですか？」と訊いたところ「先生はこんな体になった私のことを一生懸命考えてくれるから、私も頑張らなくちゃって」「私がいろいろ治療を考えていることに気を遣ってそう思ったのですか」

「私はY市民病院でもう治療法はないと言われて、家で軟膏だけ塗っていたんですね。どんどん広がってもう一人ではそれも出来なくなって……主人にも頼み難くて……歩くのも息苦しくなってきたから、もうそろそろかなと思って身辺整理をして、ここに来たんです。それが先生は抗癌剤の軟膏を使って治療してみようって……本当はせっかく心の整理もしてきたのにかき乱されたくないと思ったんですけど、先生がガーゼを剝がす時に痛くないようにっていろいろな工夫をしてくれたでしょう、あれで私、この先生に任せてみようかなって思ったんです。だんだん癌が小さくなって、息苦しさも取れてきたのでもう少し生きられるかもしれないってこの頃思うんです」

私は嬉しかったのですが、不安もあって、

「じゃあ、頑張りたいと思う間は一緒に頑張りましょう」と手を差し出し握手をしました。

私は「頑張って」という言葉が、本当は大切な意味があることを、この二人の患者さんから教えられました。

言葉が「言葉力」を発揮するのは、その人を思い、そして思われる関係が出来た時なのでしょう、言葉は生きものだとつくづく思うのです。

癌患者さん達と関わりたい

夫を見送ったばかりの時はTさんの言葉は心の表面に出てくることがなく、一人では生きていけないのではないかと気弱になりましたが、少し落ち着いてくるとTさんの「グッドタイミング助言」を思い出しました。

私はクリニックを閉じたため、癌患者さんを診ることはなくなりましたが、夫を癌で失ってもまだ心の隅に、もう少しの間、癌患者さん達と関われないだろうかという思いが次第に頭をもたげてきたのです。

昔からの知り合いだった元がんセンターのK先生とY先生がいらっしゃる横浜の病院にお礼の挨拶に行った時「こちらに一週間に一日だけ来てもいいですか」

と尋ねました。お二人共「先生が辛くなければどうぞ」と言ってくださったので、平成二五（二〇一三）年一月から押しかけ女房的に仲間に入れてもらいました。

先生達はそこで癌患者さんに免疫療法をしています。私の患者さんが類上皮血管内皮腫という珍しい肝臓腫瘍で平成一五年の秋には年を越せないと言われたのですが、免疫療法だけを行って奇跡的に回復。元気なお母さんに復帰しているので免疫治療は初めて見る世界ではなかったのですが、そこで大きなカルチャーショックを受けました。

私が約三〇年関わってきた癌患者さんのほとんどは病状が悪化し、治療も効果がなくて辛さだけになった時、苦しい治療よりもさまざまな症状を緩和する医療を選んだ人達でした。いずれ訪れる死は避けられないけれど、そこまでの時間を出来るだけ安らかに、あるいは自分らしく生きたいと希《ねが》う人達でもありました。

ところが免疫治療に通う患者さん達は、より長く生きるために辛くても、積極的に治療を受けながら、いろいろな最先端の治療の情報を集め頑張っている人達なのです。自分の癌の治療に関しては先生達より詳しい患者さんもいて、その真剣さと緊張感に当初は驚きの連続でした。そこで何より衝撃を受けたのは、緩和ケアに対しての反応です。

癌の治療をしている病院の主治医から「治療法がなくなったので、これからは緩和ケアを考えたほうがいいですよ」と言われた患者さん達の落胆ぶりは大きく、私はたびたび困惑しました。どうやら一部か多くかは分かりませんが、癌患者さんにとって緩和ケアは治療の中で、姥捨山的領域に考えられているようなのです。患者さん達は抗癌剤や放射線治療の限界を伝えられると、生きる道を遮断されたような感じになるのかもしれません。私がひたすら求めて歩いてきた道が、このように捉えられているのは何とも複雑な思いでした。

ゆめクリニックで私と出会った患者さんや家族は、緩和ケアを選んだことに満足しているようで、だからこそ今でも多くの遺族の方達と交流が続いているのだと思います。でも一方では緩和ケアを勧められて落ち込む患者さんを目の当たりにして、現在の癌医療が抱える問題点が、一部見えてきました。

落胆の理由を考えてみると「希望」という言葉にいきつきました。私の患者さんは病気の治療ではなく、苦しみの少ない日々を長く、というのが希望でしたが、横浜で会う患者さん達は治癒あるいは改善、そして少なくとも現状維持が希望ですから、主治医に治療の打ち切りを言われ、緩和ケアを勧められるとその希望は断たれます。今は治療法がなくてもそのうち新しい薬が開発されるかもしれないと期待を繋ぎたい患者さんの希望は、主治医の科学に基づいた判断によって消されてしまうわけです。

自ら緩和ケアを選んだ人と、そこに行かされる人では満足と失望と、全く逆の感情が生じるのも当然かもしれません。

一般の人にも医療者の側にも、緩和ケアやホスピスの概念が充分に理解されていない現状に、私は驚きそして心を痛めています。

自分らしい生活を目標に

平成二五（二〇一三）年六月一二日の朝日新聞「オピニオン」欄に、ＮＰＯ法人キャンサーネットジャパン事務局長の柳澤昭浩氏が「完治しなくても美しいグレーを」という題で次のように述べています。

「医師の説明や治療方針に患者が納得出来ないとき、『医療不信』は生まれます。高い技術や丁寧な説明を患者は求めますが、医師らは忙しく、コミュニケーションが十分に取れないことも多いのです。それに患者と医師では、元々持っている情報に差がありすぎます。医師の言うことを患者が理解出来ない、正しい情報でも感情的に受け入れられない、といったこともある。さらに以前に比べて今は、あやしいものも含めて様々な情報が入り乱れ、患者が見聞きするようになっています。（中略）特にがん治療では完治をゴールにすると、達成しえないことがあります。『積極的な治療は困難です』と医師が「よかれ」と思って伝えても『見捨てられた』と感じる患者もいる。完治以外の、自分らしい生活を送るという目標にシフト出来たら、と思います。（中略）基本的に医療は、科学的根拠に基づくもの。でも、患者はエモーション（感情）ベースで考えがちです。その真ん中にいて、わかりやすい言葉で伝えるのが今の仕事です。（後略）」

元製薬会社に勤務していた人らしく、現状をきちんと把握されていると思いましたが、気になる部分がありました。

医師が「よかれ」と思って伝えても「見捨てられた」と感じる患者もいるという箇所です。「よかれ」と「見捨てられ」は、日頃の主治医と患者さんの信頼関係が関与するので、関係性が良好でない場合は、先生の「よかれ」の提案が善意と思えない場合も多々あるのではないかと、私も患者家族になって初めて実感したのです。

なかには絶望的になって、あっという間に亡くなった患者さんがいたことを横浜の病院のK先生から聞きました。

六六歳のIさんの病気は胃癌・肝臓転移でした。外来で診察の際、先生に「今日は調子がいいんです」と言えば「癌は毎日大きくなっているので、明日はどうなるか分からないですよ」と返されたとか。ある時、前回とまったく違って元気がなく、一カ月前に主治医から「がんセンターではもうやることがないので、他に転院してください」と言われ「見捨てられてしまった」とがっかりしてしまいました。その悲嘆から立ち直れないまま九日後に亡くなったそうです。

言葉は生きものです。文字化すれば同じ内容でも、伝える人の口調や表情などで人の心への響き方は、かなり異なってくるのではないでしょうか。

柳沢氏が述べたように医師は忙しく、コミュニケーションが十分取れないことは事実ですが、癌治療の最前線に立つ先生達には、積極的治療と並行している、あるいは延長線上にある緩和ケアやホスピスの理解をもっと深めて、その真髄を患者さんに教えていただければ、先生の「よかれ」は伝わって、気持ちを切り替えられる人も多くなるだろうと思います。そして完治以外の自分らしい生活を送るという目標にシフト出来るまで、つまり緩和ケアを受け入れるまでを支えるプログラムが、病院内に作れたら失意のまま亡くなる人が少なくなるかもしれないと思うのですが……甘い考えでしょうか。全て患者さん側の問題なのでしょうか。

●遺族同士で助け合う会を

このようなわけで、長年携わってきた仕事と異なった分野での新たなチャレンジは、驚きと戸惑いの連続でした。でも徐々に患者さん達の悩みの方向性が見えてきて、たまには私の専門領域だった痛みや便通のコントロールなどで助言出来るようになってきました。

　最初は役に立たない自分が情けなく、いつ辞めようかと何度も考えたのですが、辞めればしばらく寂しくなりそうで、ズルズルともう四年余りもお世話になっています。

　実は再び癌患者さんに関われる喜びだけでなく、私自身が先生達や他のスタッフのみなさんの優しさのおかげで、哀しみが癒されていたのだと気づきました。ただ、いつまでも甘えてばかりはいられないという思いもあって、自分の人生の最終章も考えていくつかの計画を実行に移しています。

　夫が亡くなってから遺族のTさんと話し合って、出来るだけ長くわが家で一人でも暮らせるよう、遺族同士で助け合う会を作りました。名づけて「シングルライフ相互サポートシステム」（略して四S）です。

　会員は一〇人で、うち一人は夫が介護用ベッドを借りていた福祉関係のお仕事をされている男性です。各々が得意分野を提示し、お互いに助け合うのが目標です。時々公民館を借りて夕食やクリスマスにはリースを、暮れにはそば打ちなどをしながら、医療や福祉の情報交換をしたり、観劇、音楽会、旅行などで暮らしの中に安心感と楽しさや知的刺激を入れたりするようにしています。

私は使ったことがなかったパソコンを病院のクラークさんと長男に教えてもらい、右手の人差し指一本だけでポチポチとキーを打てるようになったのですが、故障した時には四Sのメンバーの M 氏に直してもらいました。ありがたいことです。


でも四Sのメンバーだけで最後まで助け合って認知症になっても自宅で暮らせるとは思っていません。そこで私はまだ余力のあるうちに最終的な居場所を探そうと、国内の高齢者住宅を見学し、宿泊体験をしてみましたが、まだ安心して老後を暮らせそうな施設が見つかりません。


そもそもこの国の政治家は「しっかりと……します」を多用するわりに、超高齢化社会への対応がしっかりなされません。老人施設の劣悪な環境や虐待など問題は目の前に山積しているのに、真剣に取り組んでいるようには見えません。

私は人が病んだ時、老いた時に安心出来る国こそが、本当の豊かな国だと思っているのですが、そのような視点では私達の国は、決して豊かではありません。

私の夫の死後一年半が過ぎた頃から、海外移住も一つの案として考えるようになりました。すでにご夫婦で移住している方から情報を得たり、本を読んだりしているところです。でも焦って居住地を転々と変えるのは、私の年代では禁物ですから慎重に事を進めるつもりです。

人に支えられて

夫を見送って四年半が過ぎました。実生活では夫がいない暮らしにも慣れました。隣家には新しい人が引っ越してきて、玄関のドアの開閉にもドキドキしなくなりました。仕事中心の頃には交流が少なかった近所の方が声をかけてくださり、困った時は四Sのメンバーや遺族の方達にも助けていただいているのですから、特に大きな問題はないのです。

でも……食事中も、新聞を読んだりテレビを観ても話しかける相手がいない寂しさはどうしようもなく、夫が元気だった頃の姿を思い出しては「仕方ないのよね。これが人生だから」とブツブツひとり言をつぶやいて諦めるのです。

私は夫の再発を知った後、急に「耳をすましてごらんラララーララーラーラー……生きるの強く一人ではないから」と自然に口ずさむようになりました。夫の死後も車に乗ると無意識に歌っていましたが、一年が過ぎた頃でしょうか、最近あの歌を歌っていないのでは、と気づいたのです。パソコンをポチポチと打てるようになっていましたから、この歌を検索してみました。

四五年前のＮＨＫの朝ドラ「藍より青く」の主題歌でした。一八歳で戦争未亡人になった主人公が、戦後強く生きて行く姿を描いた山田太一さん脚本のドラマだそうです。

残念ながらドラマは観たことはないので、どこかで聴いた本田路津子さんの透き通った美しい歌声と山田太一さんの歌詞に心を動かされて、一部分だけ憶えていたのかもしれません。私が口ずさんでいたのは一番の最初と終わりだけでしたが、三番の歌詞はまた心にジーンと伝わってくるものがあり、戦死と病死という違いはあっても夫を失くした妻達へ、温かな励ましを贈る歌だと思いました。

そしてこのドラマの語りをしていた中畑道子さんが途中で他界し、主役を演じた女優の真木洋子さんという方も、急性骨髄性白血病のため五一歳で亡くなったことも知りました。私はやはりこの歌に出合うべくして出合ったのだと頷き、寂しくてたまらない時心の中で今も歌っています。

　耳をすましてごらん　（三番）

空を見上げてごらん
あれは南の　風のささやき
時は過ぎ　人は去り
冬の世界を　歩むとも
生きるの強く
あの愛があるから

　一年四カ月プラス四年半余り。私の人生が一変してから、それだけの年月が過ぎました。まだ哀しみの回復途中ですが、Ｔさんに言われたように人生をリセットすることが出来ました。ここに到るまでの四年余りの「時」は、確かに私を優しく包んでくれたと思います。が、それ以上に「人」に支えられ、励まされたという思いを強くしています。

人はさまざまな出会いによって成長するのだと思います。出会いが人間形成の最も大切な要素であり、幸せの大きな要因といってても過言ではないでしょう。

私は野口英世の伝記との出合いが医者の道へ、そして夫との出会い、さらに『死ぬ瞬間』という本との出合いから多くの癌患者さんと家族との出会いに繋がってきました。

そして夫他界後も多くの旧い知人だけでなく、また新たな人との出会いによって、生き直すエネルギーをいただきました。

そんななか、日常に穏やかさを取り戻しつつあった二〇一六年一月、大きな衝撃を私に与えた出来事がありました。横浜の病院の看護師Sさんが、クモ膜下出血で突然死したのです。それは覚悟をしていた夫との別れとは違い、甥が交通事故で亡くなった時と同じ激しい哀しみをもたらしました。

五〇代のSさんは利発で明るい人で、要領が悪い私に公私共に気を配ってくれました。自宅にも遊びに来られて、よもぎを摘みながらおしゃべりをしたり、横浜で喫茶店巡りをしたり……。私が落ち込む暇がないようにと思ってか、たびたび茶目っ気たっぷりのメールをくれたこともありました。

私が海外旅行に出かける前には、「イヤリングまでつけた特製よ。必ずバッグに入れて持っていくのですよ」とフェルトで作った私の顔のお守り人形を渡してくれたこともありました。そして「教会の見学では天井ばかり見ていないで、転んで骨折をしないように足元にも気をつけてくださいね」と、出発直前の空港にまでメールを送ってくれる優しい人でした。

Sさんとは夫が亡くなって四カ月後に出会ったので、たった三年。短いお付き合いでしたが、その間こまやかに私を案じてくださったSさんの急死はかなり堪《こた》えました。神様に「なぜ私の周りから次々に優しい人を奪うのですか」と、恨み言をぶつけたりもしました。

やりきれない思いにさいなまれ、上司のK先生に「生きていくのも辛いものですね」などとぼそぼそ言っているうちに三月に入り、新聞やニュースで東北の被災地の復興が報じられました。信じられない悲劇をとつとつと語る東北の人達の言葉を見聞きし、我に返りました。

大切な人の生命だけでなく、生活まで失ってしまった被災者の方達の忍耐強い哀しみ方に、改めて不条理な人生に対して、目を開かされたのです。

今は二度目の哀しみの回復途中ですが、これまでたくさんの幸せをもたらしてくれた出会いに感謝し、これからも豊かで優しい出会いを求めてゆっくり歩いていこうと思います。

おわりに

小さなノート三冊。

「君の患者さんの中で僕みたいに大変な人はいなかったでしょう。だけど、こんな患者もいたっていうこと、参考になるんだったら書いてもいいよ。事実なのだから」

夫が亡くなる少し前にそう言いながらノートを私に手渡しました。まもなく彼は旅立ちましたが、忙しさと幾分かの躊躇もあって、すぐには読みませんでした。

一年が過ぎた頃でしょうか。自分が書いていた手帳に目を通しました。辛くて、哀しかった看病の日々のあれこれで、夫はこの時どんな思いだったのだろう……。やっと彼のノートを開けて……びっくり。

どの頁をめくっても血圧、体温、便通、食事、服薬時間と副作用が記載され、それはいってみれば玉地寛光のカルテでした。心情を吐露したものではなかったのです。

「これのどこが他の患者さんの参考になるの……」最後まで彼らしかったなと嘆息し、ノートは引き出しに戻しました。それからノートの存在は心の底のほうに沈んでいたのだと思います。

　ところがある夜、入浴中に「助死医の玉地先生に出会って……」という遺族の方の言葉が忽然と頭に浮かび上がったのです。

　それは前立腺癌の患者さんの告別式で、息子さんが弔問客に語った言葉でした。

「日本では病院で亡くなる人が多いため、看取りを体験することはほとんどありません。でも私たち家族は助死医の玉地先生に出会って、安心して父を自宅で見送ることが出来ました。出産の時に助産婦さんがいるように、人が死ぬ時も患者や家族を見守り導いてくれる助死医は大切だと思います」

　それをのちに、患者さんの奥様から聞いたのです。十数年思い出すことがなかったニューワード、「助死医」。そうです、私は助死医でした。

　でも、思い描いていたお別れが出来ず、理想と現実のギャップに苦しんだ日々がありました。夫はそれに気づいていて、あるがままの事実を伝えていいのだと言い遺したのかもしれません。それにしても、なぜカルテのようなノートを大事そうに私に渡して逝ったのか、謎です。

いろいろと迷いましたが、助死医が苦戦した「夫の在宅死」を思いきって書くことにしました。一年半前に書き終わったのですが、その原稿が数奇な運命をたどったのです。詳細は省きますが、生みの親である私が何度も育児放棄したにもかかわらず、拙著『いのち、生きなおす』(二〇〇三年、集英社刊)の編集者でいらした加藤真理さんが、実の親以上に愛情を注ぐ育ての親になって、東奔西走してくださいました。

そして加藤さんの大先輩の編集者、野中文江さんのお力添えまで得て、ミネルヴァ書房にお世話になることが出来ました。ミネルヴァ書房の柿山真紀さんにはたいへんお世話になりました。何人もの方に助けていただいたわが子を、愛しく思っています。みなさまに心から感謝を申しあげます。

二〇一七年　七月

玉地任子

〈著者紹介〉

玉地任子（たまち・ひでこ）

1944年　栃木県宇都宮市生まれ。
名古屋市立大学医学部卒業後，精神病院勤務。
聖隷三方原病院での研修を経て，
1992～1994年　横浜甦生病院ホスピス病棟長。
1994～2012年　神奈川県厚木市にて末期がん患者の在宅医療を支援する「ゆめクリニック」院長。
現　在　横浜鶴ヶ峰病院付属予防医療クリニック顧問。
著　書　『在宅死――豊かな生命の選択』2001年，講談社。
『いのち，生きなおす――あなたは人生の最期をどこで迎えますか』2003年，集英社，がある。

編集協力：加藤真理（かとう・まり）

ＪＡＳＲＡＣ　許諾番号　1704113―701

ホスピス医が自宅で夫を看取るとき

2017年9月16日　初版第1刷発行　〈検印省略〉

定価はカバーに
表示しています

著　者　玉　地　任　子
発行者　杉　田　啓　三
印刷者　坂　本　喜　杏

発行所　株式会社　ミネルヴァ書房
607-8494 京都市山科区日ノ岡堤谷町1
電話代表（075）581-5191
振替口座　01020-0-8076

冨山房インターナショナル・新生製本

ISBN978-4-623-08088-5
Printed in Japan

生老病死の医療をみつめて
――医者と宗教者が語る、その光と影

中井吉英編著

「語り（ナラティブ）」をキーワードに、第一線で活躍する医者と宗教者たちが、生きるための珠玉の言葉を紡ぐ。

四六判・224頁・本体二五〇〇円

ようこそ、認知症カフェへ
――未来をつくる地域包括ケアのかたち

武地　一著

認知症とともに豊かに生きていく風景を求めて、著者が実際に活動し、来店者やスタッフと交流した中からエッセンスを伝える。

四六判・276頁・本体一八〇〇円

夫の定年
――「人生の長い午後」を夫婦でどう生きる？

グループわいふ
佐藤ゆかり著

五組の夫婦による具体例と一一九件のアンケートを通じて、定年を迎えた人生の後半により良い夫婦関係を築く鍵を紹介する。

四六判・228頁・本体一八〇〇円

キラリと、おしゃれ
――キッチンガーデンのある暮らし

津端英子
津端修一著

本物志向の食生活や手づくりのライフスタイルを、日々細やかにおくる夫婦の実践から伝える。大地に根を下ろした豊かな暮らしを紹介。

新書判・304頁・本体一〇〇〇円